點火
張桓溢——著

目次

直升機敘事學——張桓溢的小說《點火》

楊富閔

讀完《點火》我才知道，原來二十一世紀初的前幾年，我和桓溢剛好都身在臺中這座城市。他是第一志願的高中生，而我是大度山上的新鮮人。當時的我活動範圍不會超過河南路，只去過幾次的一中街，不知綠川，更不知那些關於火的事；而《點火》這本小說的諸多篇章，大抵繞著舊城而寫，抓地力很強。世紀之初我們身在同一座城市，卻各自展演不同的臺中故事。或許桓溢不會同意，但「臺中」理當是這本小說的關鍵字，接駁著每一個初讀此書的讀者。桓溢寫出了文化城、摩鐵路與綠園道等印象之外的臺中。所以《點火》對我而言，其實更像一張地圖的複寫，我是經由桓溢帶路，依著敘事迴路，意外回到這座我曾深深愛過的城市。

《點火》作為第一本小說，桓溢選擇以一場世紀之初的火劫掀幕，〈起點〉或可讀作一篇文學宣言，同時也替這本完成度高、且不同篇章皆聲氣相通的作品，定錨了聲腔與謀篇。

關於謀篇——作為小說的第一篇，又名之為〈起點〉，那麼，〈起點〉的第一句，桓溢怎麼寫呢？「嚴格說起來，那一天，我其實只是路過。」啟動敘事對作者來說可能是艱難的，那或許來自題材的現實條件，與見證敘事、倖存書寫的可不可為。於是作者給予一個名之為的「路過」的發話位置，並在小說以後的篇章，反覆提醒我們路過與在場的重重糾葛——路過因而成了小說敘事的心結與亮點。

《點火》之中路過的人物太多了，匆匆交會，鮮明的模糊的人物都有，他們路過不同篇章不同段落，在事件發生的當下：頂樓、六樓、或者作為圍觀的看客，不約而同都在事件的現場。這讓《點火》的故事因此有了層次與厚度。而那記憶所繫的大樓，做為一個文學結構的企圖，也呼之欲出。〈起點〉做為故事的「起點」——桓溢並不意外拋出了一個個屬於文學的天問，他問自己，也問讀者，濃煙大火，混亂之中：「你看得到頂樓嗎？」、「你看得見嗎？」、「在風把煙幕稍微吹散的片刻，我彷彿真的看見了。」是這樣的一個抽離的自覺，那些從天而降的灰燼碎片，碎裂的什麼，不單只是推進敘事的象徵符碼，而有了經驗的反芻與倫理的省察，乃至美學的可能。桓溢以火作為界限，一面打造平行時空；一面發明古今。半是光明半是黑暗地開始了他的「小說」。

不同於新人新作的第一本書，泰半收錄得獎之作，這本核心概念極強的結集，前身來自一個寫作計畫的提案，這也使得桓溢在剪裁、布局，乃至構思《點火》的方法學上，有了緊湊與清晰的理路。〈起點〉以後，桓溢帶領讀者繞著舊城大樓周圍，繼之遞出的〈燃燒的父〉，無疑更是在宣言的延長線上，演示一則他的「文學概論」。碩士論文處理「非虛構寫作」的歷史脈絡與相關實踐，桓溢對於現實的「摩擦無以名狀」，自有一番不同的體會，這樣的體會，或可對讀於〈少年阿仁師〉的後設書寫；也可在〈致親愛的讀者〉看見他對什麼是寫作？寫作何以為的省察。此外，《點火》具有豐富的題材性，也是桓溢寫作的特色，任何素材通過桓溢的手路，那駁雜的知識與理論，皆可鑄成緊密相扣的情節。古典與科幻並置的〈末代紳士〉，寫的是手工西服的故事，僅此之外，他寫賽鴿、電競與迪斯可，拳頭語法與國術掌故也寫得乾脆俐落。然而廣泛的題材性，在這以「點火」為名的作品，桓溢的敘事是節制的，讓我想起〈燃燒的父〉提到的冷僻字。這樣的敘事語言，或許仍是應答了他的「路過」身姿，是為一種於危機之中發出的聲腔。一種罕見的冷酷。

而如同桓溢計畫最初，《點火》是一個關於記憶／技藝的書寫，桓溢召喚而出的人物，皆是不同領域的手藝人：無論是檢字鑄字的印刷界前輩、手工西裝的老師傅、賽鴿達人或者習武之人，甚或名之為「接技」的篇名，都暗藏書寫是一門正在失傳的手工藝的自覺。而為了減緩強烈的題材性，其所帶來的閱讀壓力，桓溢往往在看似遊戲性的後設鋪陳，字裡行間，緩緩導引我們回到那一座朗朗晴空、盡是綠意的臺中日常，我們於是也讀到了一個臺中孩子的生活方式，那樣的方式，曰之一種「風格」，與危機、災難，乃至生命種種的無言以對，共同在場。《點火》因而有其根深蒂固的經驗母土，可以看出作者鋪採擒文的審美養成，在虛構小說之中，透漏了一點自傳的蛛絲馬跡。原來這舊城長出來的故事，到底有它的光影與底色，豐富著桓溢看世界的目光。所以泡沫紅茶和花生厚片也是一定要的。

正是作者採取相對疏離的敘事語言，若即若離地布置了一種氛圍，讀者因而或主動或被動地被拉至小說現場，共同重構或者參與了作者的虛構。我留意到「直升機」，可視為該作的一個信物，它拴緊看似各自獨立的短篇，以此長成一個仿似具有長篇企圖的連作，而那定位不明、高高低低的直升機，卻也成為了每篇小說的破口。直升機作為一種方法，引渡了這篇小說與那篇小說。這個路過與那個路過。直升機的起降、軌跡，乃至迫降，致使定錨一棟大樓的《點火》，向外擴散出了更多生生不息的故事量能，唯一沒有路過的，會不會就是這一臺直升機呢？它的方向那樣地明確，有其所來與所去，直升機就是媒介本身，指引了桓溢繼之而來的小說行程。直升機是一個「文學」的化身。

我因此覺得〈俊鳥人〉是這本小說的一篇佳作。前面提到的謀篇、聲腔，乃至繞著大樓而念念不忘的古老手藝，這次桓溢就將視線交付給了死黨兼之賽鴿好手的阿俊。阿俊曾是火劫現場的活口，他與直升機的敘事綁在一起：「他勉強在不穩定的氣流中抓住繩鉤，只留下了輕微的吸入性嗆傷和好一陣子的高樓恐懼症。據他本人宣稱，晃蕩在城市上空的這段奇幻經驗，讓他對死亡與飛翔的想像從此有了天翻地覆的變化。」這裡的關鍵字是「經驗」，這段經驗，放在《點火》的網絡，它綰合了賽鴿的故事與阿俊的墜樓。也放大了小說中不停拔升與下墜的美學意涵，使得小說自始自終，都瀰漫一股山雨欲來的不安。桓溢最想表達的創作理念於此獲得充分的施展。77號的存在，因此也是一個文學的饋贈，這裡我們看到，作者又再次細膩地描述手勢：「虎口扣著牠的翅膀和尾羽，同時食指和中指將其雙腳向後夾緊，掌心托住其腹部，緩緩將牠抓出鴿籠。」這樣的小心翼翼，如同另一個「起點」，只因77號故事的背後，實是一連串生死之交的總和，放飛77號自然充滿了隱喻。這是比寫小說還要困難的一件事了。

第一次放飛那天，我站在陽臺，將自己唯一一件紅色上衣綁在掃帚柄上，不斷揮舞，直到牠終於張開雙翼，朝著天空騰飛。有那麼一瞬間，我以為牠不會再回來了，於是我慢慢在牆邊蹲下，想著那些自我生命中離去的人，哭了起來。

紅色上衣不也是一個關於火的描述嗎？桓溢揮動他的旗語，他在召喚的是什麼？焰燒的鑄字、從天而降的火星、還是新舊交織的舊城水綠？一個個路過的年少的自己？77號有沒有回來呢？這是小說最動人的一刻了，一個關於時間的地點，我們看見一隻自由自在、知悉回家路線的鴿子，輕輕地停靠在了敘述者的肩上，那像是一種肯認的默契，冀許的眼神，以及安慰。在持續延燒的一張地圖上，敘述者彷彿獲得了一種給予的能力，那是一種終於得以脫口而出，慢慢述說：關於什麼是故事、什麼是活著，什麼是寫作的超能力。

推薦序

洞，火，與時間——序張桓溢《點火》

盛浩偉

記得大約是在國小三、四年級左右。印象中天氣很熱，所以應該是接近暑假的時間點吧。當時住的舊家門前在整修道路，還有種種地下管線的工程，總之，那天早上我離開家、打開樓下大門，發現鋪在路面上的柏油一夜之間全被掀了起來，出現一個巨大的洞。得要踏上木板，走到施工邊緣預留的窄小通道，小心翼翼繞出被封鎖的區域，才能回到過往慣常的路線上。一開始經過總有點緊張，但久而久之也不以為意。過了一陣子，颱風來襲，我靠在窗檯上，看見窟隆裡積滿泥水，幾乎成為一條暴漲的河，取代了原本可以行走的路。晚上，我夢見那個原先在門前的洞開始擴張，變得更深也更大，包圍住整個家屋，並逐漸以黑暗將我吞沒。

其實根本什麼也沒有發生。行人意外、工程事故、住戶抗爭，至少期間都沒聽說這些。忘記過了多久，工程順利結束，路面填補，壓上柏油，平整得彷彿底下是實心的一樣。但不知道為什麼，之後很長一段時間，我總是無法抑止地想起那個洞，那個深刻的畫面，好像它確實和我有什麼關聯，好像真的曾發生什麼、真的對我造成了什麼影響似的。但是沒有。完全沒有。這件事未曾告訴過任何人。因為就算想說，也沒有任何內容可以說。這應該算是最極致的「私事」了；不是指私密，而是「只對自己有意義」的事，並且，這份意義只存在於內心深處，無法化成語言，遞與他人。如今，也覺得不必再說。

*

當張桓溢將《點火》寄來的時候，我並不預期竟然會再次清晰地看見那個洞，以另一種形式呈現在眼前。在信裡，桓溢只說這本集子裡的小說「各自描述了幾種不同的技藝，並透過一場火災或深或淺地關聯」。

那是一場現實世界發生過的大火。二〇〇五年二月二十六日下午四時許，臺中火車站前的地標金沙大樓十八樓起火，網路上還找得到當時的新聞畫面：高得能傲視周邊底矮建物的大樓，像是一根猛烈燃燒的蠟燭矗立在市街鬧區，滾滾黑煙瀰漫整片天空與周圍樓坊，而人群抱頭驚慌亂竄，景象令人膽戰。幸也不幸，樓內疏散迅速，傷亡人數不多，最終只有四人死亡、三人受傷——「只有」二字顯得冷血了，但回顧一下在那之前臺灣中部地方所發生的巨大災難，比如正好十年前的一九九五年，那場最著名、全臺歷來死亡人數第二多的衛爾康餐廳大火，其慘烈程度直接催生了我們如今的《消防法》；又比如一九九九年的九二一大地震，更是戰後臺灣災害規模最大的地震，在消防發展史的意義上，也加強了臺灣與國際搜救隊的交流，以及臺灣本土特種搜救部隊的成立。

某種程度上，金沙大樓的火災，相比之下顯得不過是許多大火裡的又一場大火。災難固然可怕，傷亡固然該悼念並檢討，但在客觀事實上，它無法產生除此之外的更多意義了——只是，對全書第一篇〈起點〉裡的敘事者「我」來說，卻不是如此。有趣的是，「我」並非親身經歷火災的人；親歷火災的，是「我」的姊姊的未來結婚對象，而最終，這位未來的姊夫也安然生還。乍看之下，過程沒有戲劇化的跌宕起伏，只有內在的情感湧動與思緒，而人物之間彼此的關係也有些遙遠，更難以歸類為文學傳統裡某種災難見證或餘生敘事，但是，敘事者「我」卻這麼說：「有時我甚至會以為我才是那個親身經歷生離死別的人。不是姊姊，也不是姊夫，而是我，被那一場火所徹底攫獲了」、「那場火災幾乎成為了我生命中最重要的事件」——如此武斷，更進而開啟了整本小說。

如果我沒有關於那個洞的回憶，或許我就不能理解這些斷言、不能理解這場火災之於整本小說的意義了吧。經常有種說法：「現實比小說還離奇、還荒謬」，但這要嘛不理解小說，要嘛不理解現實；現實本來就充滿離奇與荒謬，由意外與偶然碰撞而成，也正因為現實霸道且不可理喻，所以寫作者才需要小說來穿透這些迷障，探尋千絲萬縷的可能性是如何糾纏，並嘗試挖掘事物之間因果鍊與因果鍊以外的隱然關聯。也是在這層意義上，那場重要卻不明所以的火災經驗，足以成為全書各個篇章的動機。

〈起點〉之後，《點火》的諸篇小說主角各異，故事題材也有別，相同的是都涉及某種「技藝」，有活字印刷的鑄字師、播放音樂的DJ、電競、訂製西裝、賽鴿、拳術，當然，小說本身也是一種技藝。技藝乃記憶之體現，它由時間鍊成，以具體的形式存在並封存時間，同時也經受著時間的淘洗與考驗。「時間」的複雜就在於這種既能生成又能磨耗的雙重面向，一如「火」的隱喻，既能表達光明、溫暖、衝勁、生命力的延續，但同時也意味著危險、躁進、燒毀與消亡。集子裡的小說皆以技藝／記憶為引，透過這樣反覆的辯證，逐步釐清那火災經驗或是其他生命裡「不明所以」的模樣，也是試圖確認時間逝去之後，留下的究竟是倖存，還是燃後餘燼。

雖是短篇集結，但編放次序也可以感受到其意圖，愈到書後，離火災經驗本身愈遠，卻愈見高潮，小說語調與情境也更顯純熟。尤其值得一提〈少年阿仁師〉一篇，簡直是臺灣戰後時空版的《一代宗師》，更透過設計過的形式，將隱藏故事與可能的真相安插在各個角落，是全書起飛的時候。再到最後〈致親愛的讀者〉，虛實交錯，卻情感飽滿，是對讀者訴說，也是在繞了一圈之後，而終於能夠看清並面對自我內在，達至成長。

讀完全書的小說，再次點開桓溢當初寄來的信，裡頭許是帶有自謙與禮貌之意、卻不斷重複提及「不成熟」。但對我來說，不是小說不成熟，而是小說誘使讀者如我，重新照見自己那個曾經不成熟的時候。正因當時不成熟，所以會被過往經驗裡那個洞所迷惑，所耽溺，所不能言語；如果一下子就成熟、就能看清一切、言明一切，那麼，或許也就不需要小說了。

這段從不明所以到知其所以的過程，正是這本書對我而言最寶貴的地方。希望讀著這篇文字的你們，也能在小說裡找到對自己寶貴的地方。

起點

嚴格說起來，那一天，我其實只是路過。

記得當時，我剛剛陪姊姊逛完一中街。她手上拎著一小袋衣服，我拿著一杯飲料，小口小口啜飲。鮮甜的茶湯自舌根滑過我的喉嚨，我瞇起眼睛，感覺午後的陽光非常溫暖。

我們從漫漫的人潮中鑽出，走至游泳池對面的公車站牌，正好目睹要搭的那班公車接上最後一位乘客，關上車門，斜斜駛離我們。

「我們乾脆用走的回去好了。」姊姊思索了一會後說：「好嗎？就當作是運動。」

說完之後她小小聲地補了一句，反正累的時候再攔公車就好。

我點點頭，開心但矜持地跟在姊姊後面。

晚冬的風吹拂著姊姊的髮絲。說起來，這應是她與媽媽離家之後，我們第一次見面。我們安靜地穿行在公園邊旁蓊鬱的樹木之間，姊姊突然開口，問我最近學校過得怎麼樣，課業都還好嗎。我說還好。

見姊姊似乎在想著其他事情，我忍不住又開口，說我模擬考 PR99，沒意外的話應該可以考上一中吧。

「是喔。」她回過神來，溫柔地向我笑了一笑，「看來我弟成績也很厲害嘛。」

那個「也」聽起來有些刺耳。但確實，從小都是第一志願中第一名的她，一直是我的榜樣與想要超越的目標。她讀女中，我就覺得自己也應該要讀一中；她唸臺大中文系，我傳郵件要她把系上開的經典書單寄給我。

雖然，我仍然讀不太懂《百年孤寂》、《戀人絮語》與《我們自夜闇的酒館離開》，這些書為什麼能夠被選入第一志願的書單裡，為什麼姊姊談起它們時，眼神總在發亮。

但我告訴姊姊，總有一天我「也」會考上一中，考上臺大，然後去國外讀研究所。

姊姊沒有回話。我們走過總是堵車的干城。在建國市場前的騎樓底下，光被擋在路的那邊，姊姊突然告訴我，她不讀研究所了。

我嚇了一跳。她沒有停下腳步，只是沒事一樣，說她下個月就要訂婚了。對方是一個大她近一輪的調酒師，在許多家餐廳跟酒吧兼職，「是一個很溫柔的人。」她笑著說。我站在車來人往的街口，感覺耳朵轟轟作響。

「大學剛畢業就結婚也太早了吧，」我好不容易擠出幾個字，感覺自己的舌頭在上下排牙齒之間胡亂打轉，「妳之前不是才說要繼續讀書的嗎？為什麼不等唸完碩士之後再結婚？」我憑什麼跟姊姊談她的人生選擇呢？但我還是忍不住說了。就好像那些話語憑藉著自己的意志，從我腳底、脊椎、後背一路延伸向舌尖，朝著姊姊薄薄的影子噴灑。媽知道嗎？妳有告訴爸嗎？我搬出自己最討厭的大人，彷彿期待他們的憤怒與不諒解，能多少讓姊姊停下腳步。

但她只是搖搖頭。對面的五金街，幾個打赤膊的男人，吆喝著將材料一箱箱搬進昏暗的店家。其實有誰在意爸或媽怎麼想呢？我們都心知肚明，爸媽早在協議離婚伊時，或者更久以前，他們便已經無法再勻出更多心力或耐性，來應付他們自身以外的事情了。

何況，她畢竟是姊姊啊，她可是——兩個家族裡，第一個考上國立大學、甚且是第一志願的人。她知道的事情，看見的世界，要比我們都深厚、寬遠得多了。她選擇的人生一定是對的——至少，我們沒有誰可以證明她有什麼錯。我不行，爸和媽也不行。

我只能靜默地看著，比我知道的任何人都更加正確的姊姊，站在火車站的對面，指向不遠處，金沙大樓那突出如火炬的「飛碟」旋轉餐廳，用一種不知是幸福，抑或是悲傷的口吻對我說，我未來的姊夫現在正在那裡。

「你要不要見他？」姊姊問我。我盯著姊姊半迎著光，半被陰影遮罩的臉，以及她所指向的地方。不知道是不是我的錯覺，我隱約見到那棟樓的上方，逸散出一絲一絲的黑煙，彷彿什麼東西正在煮沸。

我把原本要說的話吞了回去。我說好。

於是我們繼續往前走。經過荒廢的戲院，經過諾貝爾書城。站牌前，一群人挨擠著另一群人，等待著遲到的客運出現。候車的地磚上，抹著一塊又一塊彷彿永遠清洗不掉的汙漬。

我低頭看著那些痕跡，停了下來。

姊姊跟著停下了腳步。她站在我的旁邊，雙手插在外套口袋裡，緩緩開口，說其實一切都是有原因的。因為——

突然一陣驚呼蓋過了姊姊的聲音。客運站裡等候的乘客們紛紛走至馬路上，指著姊姊剛剛指過的大樓。

在很高很高的地方，不確定是哪一層，建築物瘋狂嘔出黑煙。連綿不絕的煙像奶泡，很快淹沒過「飛碟」，在天空盤踞為一片汪洋。四面八方傳來警車與消防車刺耳的笛聲。

怎麼了，我嘟囔著。還沒來得及反應，姊姊突然抓住我的手腕，往金沙大樓的方向疾走。她緊抿嘴唇，脖子冒起一顆顆細小的汗珠，在太陽的映射下宛若珠鍊。

我們走到高樓底下。愈來愈多人哭叫著從裡面跑出。很快趕至現場的警察和義消大聲驅離圍觀的人群。空中開始不斷落下玻璃碎片與燒碎的灰燼。姊姊重複撥打並等待著電話，我拉著她到路的對側躲避。原本排隊等著載客的計程車司機，都打開車門走了出來。他們伸長了脖頸，困惑地注視著他們習以為常的建築物。

「弟，」姊姊叫了我一聲，放下了手機。我趕緊安慰她沒事的，妳看消防車都到了，裡面的人也都陸續逃出來了。但她好像沒聽見我的話語，只是仰著頭問我，「你看得到頂樓嗎？」

雖然早已知道答案，我仍順從地抬起頭。大樓中段以上的部分早已經全部被濃煙淹沒了，只有當東西穿過煙霧、墜落到地面上的時候，才能夠看清楚它是一片玻璃、一個容器的碎片或者一片瓦礫。

看不到。我搖搖頭提醒姊姊：以這個大樓的高度來說，我們所在位置的角度是不可能看見頂樓的，就算沒有煙也一樣。她嗯了一聲，然後突然，從她的口袋裡響起歡快的爵士樂。

她深吸一口氣，鎮定地接起手機，問：你還好嗎？

我當然聽不見電話另一頭的聲音。只記得姊姊用像在訂位或者詢問一件物品的名字，那樣節制的語調說話。她的手緊扣著手機的兩側，睫毛微微顫動。連搬離家時都沒掉一滴眼淚的姊姊，此刻似乎正用盡她所有的力氣，在抑止著什麼東西流出。

我不知道自己應該做些什麼。我笨拙地模仿影劇裡安慰的動作，拍了拍姊姊被汗濡濕的背。但她只是輕輕把我的手格開。

我聽不見他的聲音。她說。

訊號斷斷續續。姊姊掛斷手機又撥，撥了又再切斷。我看著陸續逃出的人，他們護住頭部、矮著身子，又哭又叫地跑著出來。有些人仍然止不住地發抖，有些人加入圍觀的群眾，回頭觀望自己剛剛離開的建築物；也有些人只是平和地走到人行道上，像沒事一樣離開了現場。

雲梯車到不了起火的樓層。消防員揹起裝備，一個接著一個衝入燃燒的大樓裡。我被不斷擴散的濃煙燻得流淚，一邊咳嗽一邊拉著姊姊，退至了高架橋邊。

煙罩籠的高樓隱隱爆出火光，我不由自主地跟著人群發出驚呼。但姊姊只是對著手機，一字一句將聲響集中在針尖，「我們就站在大樓下面，就在路口這邊。」

然後她把手機拿遠，告訴我，他們已經逃到頂樓天臺等候救援了。「很快就會沒事的。」她說。我點點頭。她又自顧自地重複了一次。會沒事的。

你看，你看得見嗎？她舉起手，對著誰也望不見的頂樓用力搖擺。遠遠看過去，倒像是在開心地跳舞一樣。

我瞇起雙眼，聚精會神地看。在風把煙幕稍稍吹散的片刻，我彷彿真的看見了，模糊的身影倚在「飛碟」上頭的欄杆旁。

但後來想想，那很可能只是我不小心把事後、新聞上看見的畫面，與記憶中的印象疊層起來而已。畢竟當時，站在那幾乎所有人都駐足、仰頭觀奇的路口，應該是不可能看到等候救援的人，在一百多米高的屋頂，拿著他們的衣服揮舞的。

不知道站了多久，直升機從陰霾的天際邊緩緩飛來，在濃煙中不斷盤旋。我隱約能夠看見救援的繩鉤在氣流中來回擺盪。我告訴姊姊，沒事了。但她只是出神地望著那一團無焰的火，直到圍觀的人群慢慢散去，歡快的爵士樂再吹響起，她才如夢初醒般，稍稍鬆開她緊握的拳掌。

救難直升機已經把人載到水湳的空勤基地了。她放下手機。弟你要陪我一起去嗎？我說當然。

要跟爸說聲嗎？我遲疑了一下才問。姊姊搖了搖頭，說沒關係，反正他也幫不上什麼忙。

我們坐上計程車。車上放著關於火災的廣播，司機一邊聽一邊對著敞開的玻璃窗外碎唸。那模樣看起來簡直就像爸。我撇開頭問姊姊，我未來的姊夫還好嗎，她勉強露出了笑容，說應該沒什麼事，他是一個在什麼情況下都能保持冷靜的人。

去水湳的路程很長，我們安靜地端坐在位子上。突然姊姊開口，說：「你知道嗎，當年我跟媽搬進舅舅在臺北的公寓之後，有段時間我每天都想著要回家。」

我詫異地看著姊姊。

「我覺得自己什麼都做不好。」姊姊繼續說，「沒有打工幫媽分擔生活費，不會煮菜，整天拚了命地讀書，卻仍然不是頂尖的那一群。」

「嗯。」我點了點頭，一時間竟不知道要如何回應。

「後來我認識一個人，他住在我們家隔壁，是個非常熱愛迪斯可音樂的ＤＪ。你聽過迪斯可嗎？那是一種曾經非常流行的音樂，只是現在已經沒什麼人在聽了。」

「明明已經沒什麼人在聽迪斯可了，但他還是那麼熱切地向我介紹那些音樂。」姊姊頓了一頓，說：「然後我發現自己深深被他熱愛某件事物的樣子所吸引。我喜歡上他，我想要跟他一起過上那種，不用在乎錢、考試或者家人的自由生活。」

那有什麼好吸引人的？我問姊姊。但她沒有理睬我。她只是繼續講：「但後來我發現，我不過是把自己的空虛，投射到那個人的身上而已。我根本不真正喜歡那些音樂，也沒有什麼必須實現的夢想可以期待。」

「我花了很長的時間，才終於接受自己其實是一個對任何事情都沒什麼所謂的人。我沒有什麼必須完成的，所以也不覺得我必須堅持什麼。」姊姊盯著我的眼睛，嘴唇微微翕動，像是在斟酌著接下來要說的話。

「我知道，」我小心翼翼地接下她的話，「我不會這樣的。」那是什麼意思呢？事後想起來，我根本不明白自己在回應什麼。我只是以為姊姊正替我感到擔憂——也或許她真的非常擔憂我——所以覺得自己必須給予她一些信心。我希望她明白，我無論如何都不會辜負他們對我的期待。

然而姊姊只是緩緩將視線移向窗外，嘆了口氣。陽光一節一節地拂過她的耳鬢。剩下的路程我們兩人都沒有再說話。

車停靠在偏遠的十字路口。我們在軍人的引導下走進空勤基地，接待室裡坐著的大多數倖存者們——我想，用這個詞應該不至於太過誇大，因為他們的臉上都深刻著活下的疲憊——看起來都和姊姊差不多年紀。空勤隊員們送來麵包、巧克力與熱開水，有人邊吃邊哭，有些人眼神黯淡地咀嚼著。姊姊安靜地走向倚在門柱旁的男人，兩人用力地握住彼此的手。

我站在門邊。沒有任何人過來詢問我，或懷疑我的身分。我看著我將來的姊夫，看著記者拿起攝影機，卻被管制現場的隊員制止。我輕輕轉過頭去，與一名和我差不多年紀的少年四目相對。他放下手邊的麵包，嘴唇顫抖，像是要跟我說些什麼。但最後還是閉上了嘴巴，只是用鳥受驚一般的眼神盯著我。他的右後方坐著一對中年夫妻，丈夫身上的西裝沾滿了灰塵，領帶且狼狽地耷掛在褲子後邊的口袋，卻仍然努力地安撫著妻子。

不知道為什麼，在那樣一個將倖存者從死亡重新渡引至生命的時刻，我注意到的盡是這些細瑣的人事。我發現，在看似靜謐的接待室內，其實所有人都在重複著一些無意義的動作。他們在房間的四處或坐或站，手腳抖動，嘴鼻開闔，彷彿意識飄離，僅賸下身體自顧自地隨著時間搏跳。

所有我看見的細節，皆無一疏漏地縫進了我的記憶。我從此再不能忘記那些臉。我不能忘記，那個房間的氣味，低微的呼吸聲與逐漸沉暗眾人表情的陰影。多年後我回憶起這次火災，總有種錯覺，彷彿自己是先目睹了這一幕，大樓才著火，煙才不情不願地遮蔽整個天空，讓高樓天臺成為城市裡懸浮的孤島。

有時我甚至會以為我才是那個親身歷經生離死別的人。不是姊姊，也不是姊夫，而是我，被那一場火所徹底攫獲了。

那場火災幾乎成為了我生命中最重要的事件。雖然這樣說有些悲哀，我往後的人生，再沒有如那天一般，迎面撞上歷史的時刻了。即使後來躬逢幾場重要的社會運動，我也只是在外圍走了幾圈，便搭車回到了租屋處。我沒有參與過什麼我這一代人應該參與的記憶。我只是在所有應該清醒的時候發呆，想著其他清醒的人們，究竟都在忙碌些什麼。

我還是考上了第一志願，並完成了姊姊未能完成的路，讀了文學研究所。在沒有什麼人關注或看好的情況下，出了第一本短篇小說集《點火》。當時我的想法非常單純，僅僅是想將自己生命中最重要的一件事，也就是二〇〇五年的那一場火，以虛構的形式述說它、扭曲它，進而放下它。

書裡有些故事純憑想像，有些則是從訪談與實際資料改動而成。我花了一些時間，憑著一點運氣，透過朋友的介紹，認識了幾個當年曾被救難直升機援救過的人。那是一場悲劇，一場災難，但已經是時候向前走了。他們都這麼說。有些事情其實已經過去了，我想他們的意思是，在十多年後書寫一本關於這麼一場火災的小說，對除了我之外的人，其實沒有任何一點意義。

刻舟求劍。事實上，改變的不僅僅是人，燃燒後的金沙大樓，也不再是過去那個在夜晚的城市上空，旋轉發光的飛行船了。興許是出於安全考量，又或許是因為牽連上了幽靈船的都市傳說，進駐的商家、補習班與辦公室紛紛從大樓遷出，人潮銳減，金沙遂在各種意義上成為了一座空城，一個臺中舊城區發展的縮影。業者不堪虧損，建築物被法拍，以低價買入的建設公司，將其改名為「神鑑大樓」，計畫改建成高級酒店；著名的頂樓旋轉層，則搖身變為總統級豪華景觀套房。沒想到整建工程才開工不久就發生意外，高樓鷹架遭強風吹垮，砸落地面；好不容易裝修完畢，卻遇上全球大疫，只好再次宣布暫緩營業。

細究大樓歷史，從「金沙百貨」風光登場伊始，即因舊城區商圈沒落、九二一地震等因素迅速蕭條，風水師信誓旦旦地說，都是因為建築物頂部的造型太像一把火炬，才使這棟高樓命運如此坎坷。

也許，那架停落在樓頂的「飛碟」，是真的很難再亮起燈光，以每小時一圈的轉速，旋繞整座城市了。每當念及此處，我便忍不住想起火災那天，離開水湳空勤基地之後，我跟著姊姊與姊夫一起在路邊等車。當時，我還不確定姊夫是否真的將要成為我的姊夫，所以一直不知道應該如何稱呼他，只好保持緘默。我們三個人站在沒有什麼人車經過的路口，誰都沒有說話，只有風不斷颳過臉頰。倒是他先開口了。他用被煙燻染過的眼睛看著我，說你好我叫林可成。我遲疑地回了聲你好，也告訴了他我的名字。

他說，反正車還沒來，不如我跟你們說個故事吧。

他深黑的瞳孔亮起了一點星芒。那是一個關於火的故事。姊夫的聲音像一口巨大的鐘，搖晃我的耳朵，震動我的夢境。後來每當別人問起我，為什麼開始寫作，我都會告訴他，那是因為十五歲的時候我遇上了一場火。那是一場燒了很久、很久的火，至今仍然沒有熄滅。

燃燒的父

據姊夫說，他第一次夢見火，是國中二年級的時候。夢中的火被濃煙緊裹，隱約閃著暗紅色的光芒，不知正燃燒著的什麼，發出嗶嗶啵啵的聲響。他張望四周，線條、色塊與屋瓦，逐漸沿著他的視線搭架起來。人們站在對街指點，警車、消防車和救護車的笛聲迴盪在四面八方，往前望，煙宛若蛇龍，從地面向上溜竄，在本應晴朗無雲的天空中，綻出一道巨大的黑色瀑流。遠方拖著長長轟鳴聲而來的直升機，一臺接著一臺沒入黑瀑裡。

「簡直和白天看見的情景一模一樣。」姊夫感嘆地描述著夢裡的他是多麼驚奇，以至於他未能發現這其實是一個夢，「但我隱約感覺得到有什麼地方怪怪的，好像有些不應該出現的東西，出現在這裡。」於是他將視線移向頂樓那群等候救援的人，發現一個再熟悉不過的身影，正朝著他的方向揮舞著雙手。

他認出他的父親。在燃燒的大樓上，不知道為什麼，看起來彷彿正在跳舞的父親。然後是大片大片的玻璃被擊碎，門窗噴出，連同女兒牆邊的盆栽，恰啦恰啦地墜下。年少的姊夫醒來，被烘烤過那樣渾身大汗。他甩開棉被，連拖鞋也來不及穿上，衝至書房，看見父親仍好整以暇地戴著他金邊的老花眼鏡，細細地端詳一幅巨大的字。

「怎麼了？」父親頭也不抬地問。

窗外一片黑暗。姊夫說，當時的他愣愣地看著父親，一句話也說不出。

※

那是一九八四年十一月七日的午夜。林可成記得很清楚，因為前一天他親眼目睹了大大百貨的火災現場。起火點據說是地下二樓餐廳的廚房，他經過的時候，外牆「青果合作大樓」的字樣已經被煙幕遮蔽，建築內來不及逃往一樓出口的住民和職員，都在頂樓等候救援。他和其他好事的人們，靠攏在綠川對側的行道上，看過去，一顆顆露出矮牆不安的頭顱，就像排列緊密的鉛字塊。

他沒有放縱自己作出更多聯想。燒焦味瀰散在背後，林可成騎上腳踏車，逆著前來湊熱鬧的人流去到鑄字行時，直升機槳葉達達在耳邊盤旋，張老闆正專注地看著火災的新聞直播。「好像很嚴重呢。」張老闆用一種日常嗑瓜的口吻說。接著他拍拍腿站起，示意他在這邊等著。

「難得林先生要買這麼多字，」張老闆搔搔頭，拿著父親剛剛傳真過去的清單：「都是比較冷僻的字耶，我可能要找一下。」

他本來想說沒關係，他不急，但猶豫了片刻後還是乖乖坐下，看張老闆快步走入地下室。小學的時候總是哥哥負責過來還字、買字，父親定期將磨損、缺角或不平的字，從字架中挑出，哥哥則用棉線將這些字細細捆好，復以報紙層層包裹、方正疊入木箱，載去鑄字行。

這一趟通常會花上兩到三個小時不等，哥哥解釋，那是因為路程遙遠，且有時現場等候的客人較多，需要排隊；但哥哥手腳上新增的傷口和衣褲上沾黏的泥沙從瞞不過他。還好哥哥偶爾會帶回一些零食或稀奇的玩具，他願意對此睜一隻眼閉一隻眼，在哥哥不在的時候幫忙補一些字，或者給老趙和老吳搥搥背，換取幾罐養樂多。

如今老趙和老吳都不在工廠了。聽父親說，老趙到一棟新蓋的大樓當保全去了，老吳呢，父親不講，他也就不敢問。記得他們倆老總會一邊檢字、組版，一邊哈哈笑著，聊一些差不多的過往，聽差不多的節目，把手上的油墨往差不多的 POLO 衫和棉褲抹。他從來沒有聽進他們聊天的內容，只有那麼幾次，他瞥見哥哥被一群朋友架著往外走，用沾滿顏料的手向他比了個「噓」，他才會裝作很有興趣地纏著他們問話。老趙總愛講自己與他祖父老林一路從上海逃至臺灣的種種過往，親人、炮火、生死、家鄉、逃亡是他最常說的幾個詞，就連印刷，在老趙的口中都成為一件攸關民族存亡的大事。老趙說，曾經他替郵局發下的案子檢字時，不小心走了神，把要印在明信片上「殺朱拔毛」的標語，錯檢成「殺朱投毛」，一輩子跟著國民黨軍隊東奔西跑的他，遂差點成了人人喊打的共匪。要不是老林替他說情，恐怕他就要在火燒島度過餘生了。

所以我們這些做印刷的，也算是在刀口上過日子，半點馬虎不得。老吳如此總結。林可成猜想，這個故事真正的寓意是，叫他長大最好不要再碰印刷了。他向哥哥分享他的心得，哥哥只是冷冷回他：廢話。後來哥哥到北部讀書，果然沒再回過工廠。他則接過哥哥以前負責的這些雜務，成為鑄字行張老闆發牢騷的新對象。

「缺了一些字。」張老闆將包好的鉛字拿給他，報紙外邊用迴紋針夾著一張被紅筆打上了幾個圈的清單：「轉角那間的刻字行，師傅因為身體不好，前陣子收了。你可能要去火車站那邊看看正行今天有沒有開。」他謝過，沒理會張老闆後續發出的一連串抱怨。等他騎著腳踏車再經過火災現場時，半邊大樓已經燒得焦黑。圍觀的人們似乎一直站在原地，沒有動過。他拐進小巷，掛著正行刻字行招牌的二層木造屋大門深鎖，連隔壁幾間雜貨鋪都拉下鐵門，彷彿所有人約定好那樣，一起為燃燒的大樓放了個靜默的假。

林可成於是慢慢地，慢慢地又往大大百貨的方向騎去。繞回中山路，他發現路口處老破建築，也聚集了些許觀望的人。他繼續踩踏，感覺後墊載著的木箱內，發出金屬悶重的撞擊聲。

他想起不遠處遠東百貨，幾年前也發生過大火，一連燒了兩天。當時他才剛上小學沒多久，沒從新聞畫面中感受到任何震撼。隔天隔壁同學在他面前「砰」的一聲，雙手比劃出一朵卡通式的蕈狀雲，說他從窗戶親眼看見了，火燒得那麼壯烈，煙節慶那樣盛大，「像被飛彈炸到那樣」，他深深欽羨。他多希望自己也在現場，如此他便可以成為那個被大家擁簇、諦聽的敘述者，而不僅僅是幫忙傳遞紙條的那個誰。

如今他站在民族路口，想像明天上學時，當同學們談起這場火，他可以如何從各種角度描述它，複製它，直到所有人都記住他所見證的。他仔仔細細地將被擊破的玻璃門、煙的形狀、人們或驚懼或疲倦的神情，都一筆一畫銘刻在腦子裡，如同勾畫字的拓樸。

回家時，父親正與有著一頭蓬亂捲髮的女人熱烈討論著什麼。他安靜將鉛字取出，補回字架上，突然想起這個女人上禮拜也來過，當時父親剛剛將複寫用的二聯單印完，正要依裁線切開，她走進廠房，說：「我想要印一本詩集。」

我們這邊很少做印書的，妳要不要去其他比較大的印刷廠問看看？父親冷淡地回應。但女人沒有離去，而是固執地站在原地，說：「沒關係，我只要印五百本，而且版面、裝幀我都已經想好了。我只需要你幫忙印刷。」父親繼續勸阻，這邊沒有照相打字，沒有平版印刷機，無法壓低成本；人手不夠，自費出版的話需要大量時間校對……他說了很多，聽起來反倒像宣讀某種考驗。但她只是沉默地注視著父親，注視著廠房擺放的一切器具，說：沒關係，我知道。

「我想要完成一本由鉛字拼成的詩集。」她這麼說。那是一句咒語。在那件事之後就再也沒有亮起的光芒，倏忽重新在父親的瞳孔中點燃。機器熱烈運轉，父親再次挺直了背脊。有些靜止的什麼又開始前進了。林可成有這種感覺。

其實，林可成想過將來。早他幾年，哥哥應該也想過一樣的事：承繼家業，讓印刷成為日復一日的現實。

據老趙轉述，哥哥年幼時總愛跟在父親後面，背著手、盯著父親塗上油墨，將紙張放上印檯；週記裡甚至畫滿了家裡各式印刷機具，記錄著父親與趙吳二老每週的工作狀況，儼然小小廠長。但隨著林可成的母親過世，始終靠近不了排版檯與印刷機的哥哥，終於也慢慢放下了這個夢想。

（「你哥本來是真的很喜歡印刷的。」老趙感嘆地說：「他一定很失望。」）

事實上，他們唯一親手印刷過的東西是名片。因為版面簡單，且上墨容易，只需將版框鎖緊，確認滾筒能將圓盤上的油墨均勻塗上版面，剩下要做的，便僅是用力拉下圓盤機的扳手，讓鉛板像印章一樣，將圖面印上白紙。如此，他們就有了一個足以為他人識別的身分。

廠房另外還有一臺打樣機，兩臺圓壓式印刷機，和一臺對開的活版車，主要業務為壓線、表格和二聯單印製。父親嚴格禁止他們靠近，更遑論學習怎麼操作了。作為印刷老闆的兒子，他們竟只能遠遠地，像觀看一場不知道規則的遊戲那樣，看著老趙、老吳幾個師傅，將組好的鉛版放上版臺，填滿木塊、木條後，用錘子扣扣扣地將版面敲實。

為什麼寧可忙到沒日沒夜，也不願讓兒子們幫忙一些印務呢？林可成問過父親，但得到的回覆只是要他們好好讀書，不要多想；連平常喜歡跟他嘻嘻哈哈的老趙跟老吳，都躲躲閃閃，說這是林家的事他們管不著。

只有哥哥給了他一個解釋。他說，因為以後不會再有人用這些笨重的機械、用那麼多號數的鉛字印刷了。哥哥指著家裡那些器具，像在指認誰是班上最討厭的人那樣。大家會慢慢改用照相製版，改用電腦排稿，「所以學了也用不到。」這是媽媽講的，哥哥說。母親是一個非常聰明的人，雖然她在林可成很小的時候就過世了，但在哥哥與父親少數的談論中，他大概可以知道，但凡母親留下的話，都是對的。譬如她要父親顧好身體，父親便乾脆地把菸跟酒都戒了；她要哥哥幫助照顧年幼的他，哥哥便接下了幫忙洗澡、泡奶和講床邊故事的重責大任。

母親把所有想說的話都記在一紙長長的信裡。那封信就像他們家的聖經，有律法、有預言，也有連篇的故事。父親把它鎖在書房的抽屜裡，所以林可成從未見過母親的字。哥哥輕蔑地說，那是因為爸爸沒有完全遵守媽媽的告誡與叮囑，沒有拋下他的想望，為家裡及孩子的將來作打算，所以才愧於展示那封信。

但父親的想望是什麼呢？這便是床邊故事的起點了。哥哥總是從父親的父親、也就是他們的祖父開始說起：上海的刻字師傅，被戰爭驅趕，帶上妻子與唯一一個孩子，揣著一組自己好不容易刻出的種字，逃亡至蕞爾小島。那全世界僅止一組的楷字，被旅途斲削、被炮火震盪，被無處不在的死亡浸染；終於安頓的時候，字早佚失泰半，饋下的業已殘破不平，印在紙上像點點黑色的淚水，撇捺甚至無法連綴。祖父不忍心丟棄，將那些種字收好在自己親手刻做的字盒裡。他沒去鑄字行，反倒進了報社，從檢字師傅重新做起。一面辨認原稿，一邊憑著手的觸感檢出正確的字，哥哥說，祖父是報社內最厲害的師傅，平均每分鐘可以檢三十多個字。不僅如此，他還負責排報紙最叫座的版子，有突發新聞時，得在時間內換好排上新圖的版，才趕得及出號外。

那很厲害嗎？林可成問。哥哥歪頭想了想，說應該是吧，畢竟媽媽之前是這樣告訴他的。

故事繼續往後：當時業界公認最好的字，是風行鑄字行從廈門帶回的一批上海正楷字，幾乎所有印刷廠都往風行買字，連政府文宣都指名風行——那時的字多麼珍貴啊，哥哥模仿他從未聽過的母親的口吻，像是在描繪一幅淡淡的水墨那樣輕輕地說：人們願意花上更多金錢與時間，只為了更好指認事物的名——可是祖父認為市場不該只有一種楷體，更不應屈用日本描畫的漢字。於是祖父將他那組剛剛起步刻作的種字從字盒裡取出，重新開始了他無眠無休的事業。

這些字後來理所當然地，與廠房一同成為了父親領受的遺產。祖父語重心長地告訴尚年輕的父親，中國幾千年的文化底蘊，應要比這更廣、更深；譬若他以毛筆字為底稿所刻出的楷書，有更為圓轉流暢的橫豎撇捺，收筆洗練，轉折、勾起有其意蘊亦有所節制，是風行字或日本漢字都無法比擬的。如果他能花時間重刻、修補，並依此電鍍成一套銅模，上至報章雜誌，下至表格注釋，從此將有更穩健的歷史根基⋯⋯

這些話由父親告訴母親、母親傳給哥哥，最後抵達了他。但林可成總是聽到這邊便沉沉睡去。顯然哥哥十分善於以各類修飾和生字，加速他入夢的時間。故事始終停在祖父那代，他沒有問哥哥後來發生了什麼，因為他已親眼看見：每天晚上，他們從對房的餘縫中觀臨，父親在書房磨墨、提筆，揮毫寫下一張張巨大的字，然後，將吸滿墨水的字帖夾起，就著一具漏斗狀的聚光鏡座，用刨刀、刻刀將字以倒反的模樣，細細雕琢在鉛坯上。

那樣靜謐而肅穆的動作，即使貪玩如他們亦未敢驚擾。或許是因為在那些未完的故事裡，刻字仍然是一項非常有價值的事業，關乎文化，關乎歷史，更關乎他父親的使命。他只是不明白，這一切是從什麼時候開始變得不那麼珍貴的，以致母親、他幾乎沒有任何印象的早逝的母親，都寧願以其生命，作為對此事業的勸諫。

只是父親並沒有因為母親最後的話語而動搖。自林可成有記憶以來，父親每晚都端坐在書房裡，虔敬地描刻著那些還沒有凹凸的鉛，彷彿揣摩萬物的旨意。要不是哥哥把故事複述了那麼多遍，他大概不會相信，這便是母親信中「學了也沒什麼用」的工作。

「爸根本是在浪費時間。」然後有一天，哥哥也重述了母親留下的預言：「我們家遲早會完蛋。我們一定要離開這裡。」他覺得有點難過，因為他其實還滿喜歡他們家的，油墨的氣味、鑄字機的火光與印刷機運轉的聲音，一直是他夢境的基本元素。直到印刷廠接的單愈來愈少、老吳將大批種字盜走，這類日常才逐漸自他夢裡遠遁。算一算，那起盜字事件應該正好發生在遠東百貨火災那一年。他沒想過自己竟會在升上國中之後親眼目睹另一場火災，更沒想過父親居然會答應、幫人印一本不知道是什麼鬼的詩集——

——正因為我們認識的世間萬物，皆有其名姓，所以詩，首先便要打破這個規則，重新為萬物命名。

長髮遮擋住詩人的半邊側臉。收音機斷斷續續地播放著火災的最新消息。詩人解釋，她的詩集共分有三大篇，在每篇的初始，她皆會以一段話作為該篇的肇啟。這是詩集首段的序言，她希望以跨頁形式處理。

父親很快在字架上檢出需要的字，接著從排版桌上拿出空鉛與木條，排出稍寬的行間與邊界；為了對比差異，父親且分別以三號及四號字排了兩種版面，才捆上棉線進行打樣。

但詩人對試印的樣本並不滿意，她搖搖頭，說這樣太工整了。無論父親如何調整間距，挪移字塊的對齊線，詩人仍然只是搖頭，說不對，不應該是這樣，不應該這麼平凡。

父親緊鎖著眉頭，盯著那塊鉛版陷入長考。正當林可成以為父親終於要磨盡耐心時，父親抬起頭來，眼睛閃爍著異樣的光芒。

「或許是字體的問題。」父親一邊說，一邊顫抖著拆掉棉線，取出所有鉛字、大小空鉛、厚薄木片，沉在桌上像一座迷宮。林可成聽見父親開口：「我有一套從未用過的楷字，妳想看看嗎？」

沒等詩人回答，父親逕自走至樓上，從房間裡乒乒乓乓取出一柄鑰匙，然後再乒乒乓乓地走下樓，打開後方儲藏間的大鎖。沒多久，只見父親以某個傾斜的角度，謹慎地端著排字盤走出。裡頭的鉛字一塊挨著一塊，緊緊扣住隔板。這也是林可成第一次，在光線充足的地方看見這些字。他小心翼翼地繞到父親的身後，看著父親以鑷子將「名」字夾出，放在詩人掌心，乍一看像座斷崖，橫豎間有山的呼吸。

詩人掂了一掂，似乎在感受實質的、物理的，字的重量。她以指腹輕輕摩挲過字的腰身，那裡少了一般鉛字所具有兩道半圓形的缺口和鑄字行標誌，有的只是一片光滑；她虔誠地按壓字的凸面，像在試探刻刀割出的邊緣；然後，她將字拿近眼前端詳，彷彿在觀測一顆鑽石的所有切面與光澤。

而父親只是失神地盯著那一排排字。這就是父親與祖父，耗費了無數日夜所刻出的種字。林可成幾乎感覺得到，那些時間就環繞在他們周圍，浸滲在他們所呼吸的空氣裡。

他忍不住有些妒忌，詩人居然能夠親眼觀見這些字的凹凸，親手感觸這些字的撇捺，而不必偷偷摸摸地溜進儲藏間，就著外頭微弱的光芒想像祖父與父親刀刻的軌跡。記得年幼時，他總是被阻絕於儲藏間外，只能努力拉長脖子看著老趙他們偶爾進房，提著油墨或裝著空鉛與木條的紙箱出來，復又把門鎖上。

「裡面沒什麼好看的，」父親總是擺手打發他：「你上樓去讀你的書，工作的事交給大人就行了。」但他不只一次在凌晨時分，聽見父親從書房中窸窣走出，踩著樓梯一階階往下。鑰匙在鎖孔轉動，儲藏間的門咿呀推開。他偷偷倚在扶手，依稀能夠聽見裡頭木頭與金屬摩擦的聲響。然後哥哥總會在林可成回房時嘲笑他，說：「那到底有什麼好看的？」有時哥哥甚至會挑釁似地拍拍他的後腦勺、踢踢他的屁股；如果他因此生氣的話，哥哥便會反過來把他壓在地板上，用力地拍打他的頭顱，像是在敲擊樂器。反正你怎麼叫爸爸也不會理你的。哥哥會這麼鄙夷地說。但林可成才不在意這些。他會閉上自己飽含淚水的眼睛，想像父親沉穩地持著刻刀，割劃出一枚又一枚鉛字。

每個字都是另一個字的階梯，也是指向另一個世界的甬道。在那些難以迴避的屈辱時刻，或者失眠的夜晚，他不止一次幻想，那組比風行、中南與其他楷書都珍貴的，尚未完成的種字，被祕密地收藏在儲藏間的某個地方，等待誰發現它、展示它如一列窮究萬物法則的公式。那必定會是一場震撼的革命，印刷品的外觀將改轍，人們認識世界的透鏡將重新校準。他唯一無法想像的只是，這些字到底要如何被收容在一個幽暗的房。

而今他當然知道了，儲藏間裡頭有一個巨大的木製櫃架，他父輩所刻的那些楷字，就安放在一層層字盤裡，被透光的薄布所包覆。在那起竊字事件發生之後，老吳與老趙相繼離開，哥哥考上了北部的學校，再也沒回過家。沒多久，照相製版技術與平版印刷機逐漸普及，工廠的生意一落千丈。某天父親主動打開了門，說是要好好整理一下這間儲藏室，把用不到的東西都放進來，省得看了礙眼。

林可成看著父親將他用以刻字的鉛坯塞到角落，旁邊緊靠的是各式排版的器具，油墨罐以及早就鋪滿灰塵的一疊疊印刷樣品。父親拿起那些為老客戶們儲放的鉛板，似乎打算拆掉，但遲疑了一下還是放回箱子。他問父親這樣放沒關係嗎？父親說沒關係，都不會再用到了。

父親將儲藏間扣上大鎖，將鑰匙丟進房間抽屜的夾層，以另一道鎖鎖緊，像是要確保再不會有任何人踏進這裡，又像在親手封閉自己夢的入口。

直到今天，這道鎖才被重新打開。

林可成不知道是什麼使父親改變了主意。是詩人的堅持打動了他嗎，還是他終於想通了什麼？他一直以為自己再不會有機會看見這些字了，沒想到父親居然這麼輕易就取了出來，甚至打算塗上油墨，將它們攤抹成一本詩集。

陽光逐漸傾斜，詩人與父親還在說話。父親說，這些都是我們自己刻的字喔。怎麼樣，夠獨一無二了吧。

「妳看，」父親一邊說，一邊以鑷子輕夾起另一枚字，「這個字是我父親刻的。他的收筆輕，而且字的重心高，視覺上會比較飄逸。」

「但妳看我刻的，」父親取起另一枚字，脖頸突起青筋，前額微微滲出汗水，「我把重心下移，調整整體筆畫的結構，這樣就可以保留原本滑順的筆觸，同時保證字連成行時不會偏斜。」

「因為是直接在鉛坯上雕刻，因此在處理粗細筆畫時，我會使用至少兩種大小的刻刀，先刻出字形，再用刨刀把邊角剜掉。」父親愈講愈起勁，幾乎要把那排字通通解說過一輪。那些他與哥哥從來沒能聽父親提過的，刻字的種種鋩角與技術，此刻竟暴雨一般，無所保留地傾瀉。

但詩人似乎根本沒有在聽父親說話。她修長的手指輕輕扣打桌面，眼睛直直盯著自己的手稿，嘴裡念念有詞。「今日上午九點，臺中大大百貨發生了一起嚴重火災……」旁邊收音機斷斷續續地播送著新聞。父親說，雖然字的數量不夠，但如果是詩集的話或許還可以應付。詩人說，那就試試看吧。話語輕飄飄地落在另一句話語中。林可成垂手站在旁邊，感覺自己像是唯一一個活在現實世界的人。

※

為了這本詩集，父親要重新開始刻字了。詩人離開以後，父親安靜地端詳著字盤許久，直到天都黑了，父親才開口，他說，去請老趙回來吧。於是林可成循著地址，去到柳川旁那棟新落成的大樓。他看見老趙坐在警衛室裡，悠哉地看著報紙，老花眼鏡戴得歪斜，可能剛剛還打了個盹。

「哎，可成你怎麼來啦？」老趙的上半身倏然繃緊，察覺是他後又旋即恢復慵懶。那姿態讓他感覺非常親切。

「我爸想請趙伯伯您回去幫忙印刷廠的工作。」

「我知道。」出乎意料地，老趙並沒有太多情緒。他翻了面報紙，舌頭舔了舔乾裂的嘴唇，「你爸剛剛打電話跟我打過招呼了。」

「可是可成啊，發生了那樣的事情，我怎麼好意思再回去呢？」老趙除下眼鏡，把報紙仔細對摺，再對摺。

「老吳是我的同鄉啊，你爺爺則是我的拜把兄弟，」老趙說，「我的同鄉偷了我兄弟跟他兒子辛辛苦苦刻的種字，你說我還有臉回去他兒子開的印刷廠工作嗎？」老趙雖然講話速度很慢，卻說得非常仔細，彷彿這段話早已經在他心底重複多年。

趙伯伯，他說，我爸早就已經放下這件事了，他現在只希望您能夠回來印刷廠幫忙，讓他有時間好好刻字。

嗯——老趙瞇起眼睛，這才第一次對上他的視線。

「他怎麼開始重新刻起字來的？」

「接了個案子，要替人印詩集。」

老趙不置可否地嗯了一聲，問：「你哥呢，最近有回家嗎？」

他搖搖頭。老趙重重地嘆口氣，說老吳千錯萬錯就是不該把孩子牽扯進去。其實老吳也是迫於生計。老趙沉默了半晌才開口。你知道他現在在幹嘛嗎？送羊奶，就在沙鹿那一帶。他當時就想拿筆錢討個老婆，結果老婆沒討成，連原本的工作都丟了。

你哥也是，他一定也是有自己的難關吧。老趙說。只是這句話說完之後老趙就停住了，像一顆蛋噎在他的喉嚨。或許，對曾經歷過戰爭與流離的老趙來說，要想像一個十多歲少年的難關，實在是太強人所難了。大概只有他，才能夠稍稍理解他哥，每天放學帶著大大小小的傷疤，課本上有塗鴉，書包裡塞滿用皺的衛生紙與燒盡的菸頭，那種日復一日的疲倦感。畢竟也只有他，能夠承接他哥的那些毆打與辱罵了。

所以那天深夜，當林可成睜開朦朧雙眼，聽見哥哥轉開房門的聲音時，他只是悄悄地起身，跟在他哥後面，什麼話都沒有說。他哥也沒有趕走他，僅僅是揮舞了手上的檢字盒，冷冷地說，敢講出去就打死你。

哥哥從口袋掏出鑰匙，打開儲藏間的門，憑著手電筒微弱的光走到巨大的字架前，熟練地拉出最底層的字盤。數百個依部首整齊排列的四號字，便這麼星穹也似地攤展在他面前。手電筒的光圈映著那些字的形狀，拉深鉛的凹壑與陰影。他愣愣地看著哥哥顫顫捏起一顆又一顆乾淨的星子，放入檢字盒裡，忍不住也摸了一枚字放在掌心，感覺字的堅硬與冰冷，穿透過他的血管，浸入他的心臟。

哥你為什麼要拿這些字呢？他忍不住問。但他哥沒有理睬他，只是默默地填滿檢字盒，用那些原本要送回鑄字行重新熔鑄的字，胡亂塞入字盤的空隙裡。

哥哥說：走吧。

反正那些字放著也是放著，不如拿去換錢。他哥關掉手電筒，摸黑走出儲藏間。趁著還有人要的時候趕快賣，這樣爺爺跟爸的心血才不會白費。他哥像是要說服自己那樣，小小聲地在他耳邊講話。

他沒有問買主是誰，因為老吳其實早就問過他了。當時老吳蹲低身子，看著他的眼睛，鄭重地說：可成，我們不能再讓你爸一個人慢慢刻字了，我們應該要把握時間，把這些重要的種字交給其他人負責，才有機會鑄成銅模，讓大家看見新的文字。

「再遲就來不及了。」老吳握住林可成的雙手，聲音嘶啞，好像真有什麼在後面追趕著他一樣。

其實，有那麼一瞬間，林可成真的被老吳說動了。他想，老吳說得其實沒錯，這本來就不應該是一個人的工程。祖父與父親努力這麼久，再了不起也就刻了幾千字。這樣的數量相較於整片中文字的汪洋，簡直是滄海一粟，根本不可能載負得起什麼幾千年的歷史文化，搞不好連排完一本課本都很困難。換句話說，那組字從以前到現在，都未曾指向過任何事物。它們只是自己的賦形，像小孩子捏塑黏土那樣毫無意義。

所以，他也真的差點動手了——他知道鑰匙放在哪裡，也知道父親大概什麼時間就寢。他只是擔心自己瞞不過哥哥的眼睛。一旦被發現，哥哥將會毫不留情地嘲笑他，羞辱他，或許還會把那些種字狠狠壓在他的皮膚上，就像他自己的朋友們對他做的那樣。

林可成只是沒想到最後竟然是哥哥先下了手。

他揣緊那塊被他藏在口袋的字，有了自己的祕密。

當然，這件事很快就被發現了。隔天晚上，他父親在儲藏間裡，發出了野獸一般的嚎叫。林可成聽見玻璃碎裂，鉛塊沉沉墜在地上的聲響，緊接著房子所有的燈被一一按開，父親粗魯地打開家裡所有的門，一句話也沒說便把他和哥哥拎到樓下的廠房。

「說，是誰拿的。」地板上灑滿缺角的、破損的鉛字，父親的眼神恨恨地掃過他們兩人。「這兩天工作時可沒有人進過儲藏室。」他不敢說話，也不敢向旁邊沉默的哥哥求救。父親隨手抄起一塊木板，往兩人的小腿便是一陣猛抽。

誰拿的，誰拿的！父親一邊吼一邊打，打得他皮肉都裂了，哭叫得都沒氣了，父親仍然沒有停手。直到哥哥舉起手來坦承這一切事情，父親才終於把木板放下。

你為什麼要這麼做？父親雙手緊抓著哥哥的肩膀，指甲幾乎都要插進肉裡。

你們為什麼就是不能理解？父親問。

無論如何，老趙最後還是點頭了。他拎著離開那天拎的深紅色布包，裡頭裝著沒泡完的烏龍、幾件換洗的衣物和黨證，來到廠房，對著僅存的一臺印刷機，長長地吁了口氣。父親恭敬地說，不好意思，要麻煩趙伯您了。老趙拍了拍父親的肩膀說沒事沒事，一點也不麻煩。

與詩人仔細核對原稿及字架上的字後，父親算出缺少的字共有四十六個，扣掉重複字，還有約莫二十多個字要刻。

「一個月，」父親信誓旦旦地向詩人保證，「最多一個月的時間，就能補完那些缺少的字。」缺的大多是冷僻字，許多字林可成甚至連見都沒見過。他鼓起勇氣問詩人，為什麼寫詩要用到這麼多偏門的字呢？詩人說，那是為了讓萬物以新的形體道說自身。詩集的第二大段，主題是降靈。那些不被看見的、理解的、認同的，都有自己的字。每一次述說，因而都可能更靠近神的語言一些。

他聽不懂。但他覺得很有意思，無論是詩或者詩人。他喜歡聽詩人聊她對詩的種種看法，或與父親討論，排版應當如何扣緊詩的主題。父親偶爾會表達一些意見，更多時候他主動演示，組出詩人想要的版型，讓她有更多時間去思索、推敲，甚至回頭改寫自己的詩。第一週、第二週，到了第三週，當進度依然停留在詩集的第一大段時，林可成開始懷疑，這或是一項永遠無法結束的工程：昨天刻出的字，可能隔日便被詩人自己推翻；以文字排成的圖像要用哪種號數的分線，所有人都有意見。

他們似乎對這場沒有盡頭的降靈，樂此不疲。林可成發現，愈是臨近完成，父親刻字的速度就變得愈慢。他近乎苛刻地雕琢筆觸，重寫一張又一張字帖，廢棄一塊又一塊鉛，以確定每一枚字的風格一致；他且會在排版檯上試排版面，打量字的間距、行距是否會影響這套字體的視覺效果。父親吹毛求疵的程度，幾乎要使他懷疑，或許，父親根本不想完成這本書。

不過，也多虧如此，當父親端坐在書房臨摹楷體，他終於有機會在老趙的默許下，試著畫裁切線、組版，調整油墨的濃淡，並像個印刷廠的工人，啟動機具，捲筒吸入紙張，在一次又一次的試誤中，以膠帶或布條調校版面的厚薄。

勞動使他快樂，勞動使他第一次如此清楚地意識到，話語真的是可以測量、觸碰與嗅聞的東西。或許現在也並沒有與母親生活的時代那麼不同，他想，也還是有人願意多花一點金錢與時間，看見事物以不一樣的質地被勾勒。他特別喜歡自己因為生疏所印出的濃淡不一的線條。儘管老趙總說這是失敗品，他還是會將那些本應報廢的成果悄悄留下，彷彿保存自己脫落的乳牙。

收音機反覆播著每日新聞，詩人讀詩，老趙喝著他的烏龍茶，父親在排版檯前拿著鉛字與木條來回比對，乍看像是在手舞足蹈。不曉得為什麼，在流速如此低緩的生活中，他心裡居然也隱隱約約有些期盼，這本詩集真的是沒有止盡的，萬物的低語。

但一切仍然是有終點的。

終於還是抵達了詩集的最後一段。詩人寫，重新被賦予名姓的萬物，將創生出嶄新的現實，如同石頭長出自己的腳，雨水積成動物的骨骸，那樣荒誕卻又理所當然。

父親一邊誦讀著詩句，一邊咬牙切齒地排版。父親組了又拆，拆了又組。他幫父親跑腿，到鑄字行一次次換回代用的字。廢棄的字被暫置在不同的鉛版，堆滿了整個桌面。

林可成開始不斷夢見火。煮茶的火，燒熱鑄字機的火，從百貨公司地下室竄起的火。在重複的夢境裡，他愈來愈清楚地看見那棟燃燒的大樓，父親站在頂端，跳舞、旋扭四肢，向著地面的他大聲呼喊：字是重新命名，字是照見不被照見，字是現實的創生——

他親見，他不能不一次又一次目睹：父親被火吞沒，衣服被燒碎，富含水分的眼珠被蒸發，面容、身軀蠟也似地熔化。他無法張口呼救，亦不能移動半步，只能看著父親燒乾如一尊焦黑的神像，隨各式各樣的物件往他夢境的底端墜下。

他以為這是某種隱喻。當然，所有的夢都是一種隱喻。只是它隱喻的究竟是什麼呢？林可成一直思考著這個問題。直到父親刻完最後一個字，組完最後一個版，他們帶著數百個種字走向鑄字行，他都沒能想到一個滿意的答案。風呼呼颳過樹枝，他安靜地跟在父親的身後。快到鑄字行的門口，父親停下腳步，轉頭對他說，這陣子辛苦你了。等詩集印完，家裡就不會那麼忙了。

印刷廠會慢慢收起來。你也可以花點時間，想想自己未來要幹嘛。不等他回話，父親逕直踏進店裡。他站在門外，看著父親將細密包裹好的鉛字拆開，張老闆一邊讚嘆，一邊將臉湊近到那些字前。

鑄字行確實可以幫忙鑄造簡易銅模，以應付即時的印刷需求——張老闆抬起頭來，嚴肅地對父親說——但林先生，您真的不考慮直接請人翻造一套銅模嗎？

缺字也不要緊，日本那邊我認識幾間專門在鑄模的，他們有雕刻機，描起字來很有效率。

您看看，您這套字多適合用來印書印報紙啊。要是做出來，那些印刷廠跟報社肯定搶著跟您買字。雖然造模的價格不便宜，但我們這是在做有意義的事情嘛……真的，林先生你不要擔心，這造模的三百萬元，我個人先出資五十萬，我們一定要把它鑄出來。張老闆堅定地說。

有那麼一瞬間，林可成彷彿看見父親的臉上，皺起了深深淺淺的紋路，彷彿父親耗費了無數日夜書寫、雕磨的字形，都一筆一畫鑿在了自己的臉。他想起整件事的後續：其實，在種字遭竊的幾個月後，老吳便已經親自將那批字完完整整地交還給父親了。當時，林可成站在父親身旁，清楚聽見老吳說，他對林家非常抱歉，「已經沒有人願意花費那麼多時間與金錢，去鎔鑄一套新的鉛字了。」老吳如此告白，某方面也像是證成了母親的預言。可是父親並沒有因此原諒誰，他只是將刻刀與字通通收起，以沉默宣洩他無處可去的憤怒。那之後廠裡的一切便跟著這麼沉默下來了。印刷機一天比一天安靜，排版桌蒙上灰塵，撿鉛字的次數愈來愈少，即使遲鈍如林可成，都感覺得到：原先在父親體內，被字所護存、暫停、繫留的時間，正在快速衰老。

可如今，終於剩下最後一步了。張老闆的話像在寬慰父親：那麼長久的重複與耗費，其實是有價值的，那樣孤獨的臨摹與鑿刻，其實是有意義的。他看著父親用充滿憐愛的眼神凝視著那些種字。彷彿過了一生那樣長的時間，父親緩緩開口。他說，不了，這樣就可以了。孩子們讀書也要錢呢。

他看見張老闆的臉上寫滿失望，但還是敬業地收下那批種字，說三天後過來拿吧。

全世界僅有一組的字終於展示了它自己，但沒有什麼事情因此被改變。他看著鑄字機啟動，火焰燃起，熔化的鉛液灌入銅模，然後凝固的鉛被推至刨臺，立模將兩側的贅片削掉，鉛字一個挨著一個被鑄出。這是我們自己做的字喔，厲害吧。父親對他笑了笑。但他不明白這有什麼好笑的。他覺得父親背叛了祖父，背叛了理想，甚至也背叛了那個曾與母親據理拮抗的自己。他為父親的不忠感到可恥，甚至有股衝動想衝到書房，把那封鎖在抽屜深處的信拿出來，當著父親的面撕碎，告訴父親：這才是他應該做的。他們原本可以證明其他人是錯的；母親錯了，哥哥錯了，只有他們看見了字，一個真實的字，可以承載多少歷史與意義，換取多少金錢也買不到的聲譽；他們其實可以決定自己該做什麼，而不是任憑空泛的時間與言語決定他們的命運——

但如今一切都冷卻了。鉛版塗好油墨，紙張捲入滾筒，被吐出的時候上頭已經印好乾乾淨淨的楷字。沒有毛邊，沒有任何一點油墨不均的痕跡。簡直和平版印刷一樣呢。詩人讚嘆地說。她捧起印好的一疊紙，大聲誦讀起自己的詩。

詩人送予他們每人一本詩集，說是感謝他們莫大的幫助。他曾耐心翻過幾遍，但終於還是在某個失眠的夜晚將詩集裝幀的線拆散，紙一張一張揉皺丟進了回收桶。林可成沒有再想過那些詩，也沒有再夢過父親。許多年後，當他親身站在一棟燃燒的大樓上，拿著手機、穿透煙幕與雜訊，和他的愛人斷斷續續地通著話時，他才恍然大悟，想起這裡就是夢境中父親站著的位置，並感覺人生第一次與神如此接近。

再次看見那本詩集，是在某間連鎖二手書店，它被擺在三本一百的特價區，夾在勵志與理財類書籍的中間。林可成拿起它，詩集的扉頁被蓋上戳章，內頁有些脫落，有幾頁的邊緣甚至沾著一圈圈黃褐色的汙漬，彷彿被油煙燻染。但字確實是父親那套楷書沒錯。結帳的時候，他忍不住告訴店員，「這本書是我們家印的喔，厲害吧？」他特別在他面前翻動書頁，讓字漫流成一條河。但店員沒有理會，只是問，「三本一百，還有沒有需要多帶兩本？」他搖搖頭，揣著那本書走出店門。夜幕垂落，街燈亮起，他看著路口來往的人車，想起鉛的溫度，想起詩的命名與降靈。印刷詩集的那套字與銅模，在九二一地震的時候，與那些閒置的印刷機械，一起被壓碎在破裂的屋瓦下。後來父親按斤論兩把它們賣了，換了幾千塊錢。

Stayin' Alive

在搬進新家的兩個月後，有一天晚上，我終於再也忍受不了，用像要拔斷一整排牙齒那樣的力氣，拉開窗戶，對著隔壁陽臺大喊：「吵死了，不要再放音樂了！」

再用力關緊窗戶，我大大地吐了一口氣。低下頭來，寫了幾行字，耳邊卻似乎仍能聽見音樂在看不見的地方擺盪。

於是我忍不住又揚起下巴，打開窗戶繼續飆喊：「你以為你隔壁沒住人啊？整天都在放音樂，放放放，你都不用工作嗎？你可不可以有點公德心啊？」

我不知道自己為什麼那天晚上特別激動。看著好不容易清開空位的桌面，和檯燈下幾近空白的作業簿，我心裡想，我真的不想再過這種生活了。我真的受不了了。我一邊自言自語，一邊手還是機械性地練習著英文造句，"I have had a good time last summer." 直到門外響起了細細碎碎的腳步聲，我這才發現那吵死人的音樂，不知道什麼時候停止了。

腳步停在門外，周遭靜得出奇。或許是因為我太習慣被高分貝的樂音與節奏所包圍了，我幾乎可以聽見那人伸出食指，按了幾下門鈴，然後困惑地把耳朵貼近牆壁，遲疑了一會，才握起拳頭，節制地在鐵門敲擊。

叩叩叩叩，叩叩叩叩。他敲門的聲音像是在數著節拍一樣。我除下拖鞋，躡起腳尖走到門口，不知道要不要回應。

有人在嗎，門外的男人，用出乎意料斯文的聲音問道。

我試著在腦中回想他的長相。如果沒記錯的話，我曾經在倒垃圾的時候見過男人幾次。他頂著一頭蓬亂的鬈髮，倒吊一對貓的眼睛，身軀瘦削而短。媽曾一邊提著滿載的垃圾袋，一邊遠遠地指著他說，他就是住在我們隔壁整天放音樂的人喔，好像那是一個很稀鬆平常的嗜好。

我說，既然妳知道他是誰，為什麼不去跟他說音樂不要放那麼大聲。我站在原地，看著男人把垃圾甩往垃圾車的後斗，踩著拖鞋慢慢走回大樓。

「妳覺得吵妳自己去講。」媽聳聳肩。她說，我們有地方住就很不錯了，不要讓舅舅難做人。回到家後我把自己關在廁所，媽在門外對我大喊，妳為什麼這麼自私，妳就不能忍耐一下嗎？

我聽進去了。但我最終還是沒有忍下來。我畢竟沒有遺傳到她忍耐痛苦的功力，所以僅僅過了兩個月，我就再也不能裝作一切都沒有問題了。缺乏光照的客廳，總是曬不乾的衣服，冰箱裡用保鮮膜包著的剩菜，以及前幾年九二一地震在牆上留下的裂傷，看著這個連天花板都有些歪斜的房間，我不知道我還能再多包容些什麼。

男人還站在門外，按著不會響的門鈴。奇怪剛剛聲音明明是從這裡傳出的啊。我蹲坐在門板前方，聽著他自言自語。

接著他拔高嗓子喊：「哈囉有人嗎？我只是想要說說話。」如此來回一兩次，他似乎放棄了，嘴巴一邊嘟囔，一邊伸手用力地拍打了幾下鐵條。即使我隔著一層內門，都彷彿能感覺到金屬的振動，透過地板與空氣，從我的腳底直傳頭頂。

這讓我突然有點生氣。為什麼我反而像是那個應該被指責的人呢？明明我沒有做錯任何事情。想著想著，我的身子慢慢站直起來。我聽見自己用低低的聲音回話：「請問有什麼事嗎？」

「不好意思，我是住隔壁套房的。請問剛剛是妳要我音樂放小聲一點嗎？」那人用禮貌的聲調問。

「對。」我雙手抱胸，好像誰正注意著我一樣，擺出一副理直氣壯的樣子：「我們已經忍很久了。但你最近愈來愈過分，到十一、二點都還在放音樂，所以才跟你提醒一下……」

「不好意思，請問可以開門講嗎？」那人打斷我。

「為什麼要開門？」我心裡頓時警鈴大響。我想起許多社會新聞畫面，以及媽對我的叮囑。我說不行，你有什麼想說的在門外說就好了。

「好，那你講話可以大聲一點嗎？」他說，「因為我有點聽不太清楚妳在說什麼。」

「這樣可以嗎？」我扯著喉嚨問。

「這樣好多了。」那人滿意地說。「所以妳剛剛說什麼？」

「我、說，」我一個字一個字用力地講，「你音樂可不可以不要放那麼大聲——」

「那要小聲到什麼程度，妳才比較能接受？」對方也跟著大聲地回覆。

「我不知道。」我愣了一下，「你就不能不放音樂嗎？」

那人安靜了幾秒鐘的時間，似乎在認真思索著這個問題。

「不行。」終於他開口：「對不起，但這真的是很重要的工作。」

「工作？」

「我在舞廳當DJ。」他說，「妳知道什麼是DJ吧？」

「就是在舞廳或PUB專門放音樂的那些人。」他停了幾秒鐘，確定我沒有回應之後，自己接著講了下去，「我需要知道音樂播出來的聲音怎麼樣，所以有時候會把耳機脫下來，聽聽看現場的效果。」

「喔。」老實說，我根本聽不懂他在說些什麼。但聽他講得這麼理直氣壯，反倒是我有點不好意思了。我不自覺地用柔軟下來的語氣說，那至少不要在深夜時段播歌吧？

嗯——，他的聲調聽起來很為難，「不然這樣吧，我等等在我的房間放歌，調整音量，妳在房間裡面聽看看能不能接受？」

有必要搞到那麼麻煩嗎？我心裡忍不住嘀咕。但我很快想起搬家時，媽疲倦而凹陷的眼睛。這是舅舅好不容易才為我們騰出的房間，走進陰暗的廳堂，媽捏了捏我的大腿。我揮開她的手，用微弱但她一定能聽見的音量說，這明明就是阿公的房子，是妳自己不去爭取的。我毫不退讓，直直迎向媽的視線。她撇過頭，說至少人家現在還願意給我們地方住。

這已經很不容易了。她總是這樣為其他人開脫。我常常想，這會不會是媽對自己、乃至於對我特別嚴厲的緣故。因為最不容易被消化的，那些宛若果核般堅硬的事物，都被她留給了自己人。我記得她彎腰，伸出雙手，從舅舅、也就是她的哥哥手中，接過房間鑰匙的模樣，我在一旁跟著她低頭，分不清楚她臉上皺起的笑容與話語，究竟是真的出於感激，或僅僅只是假裝。

而舅舅僅是點了點頭，理所當然地接下了我們的感謝。直到臨走前，他才突然想起什麼一樣，用有點不好意思的語氣說，要請我們忍耐一下，因為這層樓另外一個住戶是個年輕人，比較愛玩，也比較吵。

但他本性不壞啦，他急急補上一句，住好幾年了，每個月還都繳兩倍的房租。說完之後他對媽笑了一下，媽也跟著呵呵笑了兩聲。現在想起來他們根本是在假痟，反正他們又不是最常面對這些噪音的人。

但想想，舅舅之所以還「願意」留給我們一個房間，始終要歸功於門外這個男人。於是我在內心不斷說服自己，要寬容，要感謝，就像以前媽每天跟爸吵完之後，在床邊一邊流淚一邊抱住雙肩安撫自己那樣。

我回答男人，好吧，那你就調看看吧。

男人接到指令，急急忙忙跑回他的房間。腳步聲迴盪在樓梯口，鐵門咿呀打開而後砰地關上。我回到座位上，屏氣凝神，搬家以後第一次，將所有注意力都放在聽覺。

等了好一陣子，沒有任何聲音。我看了看特意調快了的時鐘，十點二十，這時媽應仍正在收拾杯盤，掃拖沾滿湯汁與酒水的地板。我百無聊賴地盯著作業本，心思飛遠，想起我遠在臺中的弟。不知道他適不適應一個人在家的傍晚，有沒有辦法嚥下千篇一律的肉鬆、罐頭配飯粥，對於沒有人指導的課業會不會感到緊張——雖然他整整小了我十歲。換句話說，他現在了不起也就是學到加減乘除而已。

我想著他，想著我和朋友遊戲的操場，想著那些非常熟悉，但如今距離我非常遙遠的事物。正當我不知不覺握起筆桿，在課本空白的地方胡亂塗寫時，鼓聲從門的縫隙穿進，由小而大，雨滴一般滲進地板。答答答答，答答答答。我連拖鞋都來不及穿上便跑至門口，打開鐵門。正準備對著走廊另一端大喊時，發現男人就站在盡頭處，愣愣地看著我。

與印象中不同，今天的他穿著寬大的風衣，寬大的棉T與寬大的褲子。所有套在他身上的東西都鬆鬆垮垮的，好像他仍在等待成長期把那些空隙撐至合身一樣。他的臉在樓梯燈的照映下顯得慘白。我皺著眉，看著他。他盯著我。我說，太大聲了。

原來妳還是高中生。他突然沒頭沒腦地說了一句。我這才發現自己還穿著制服。

「怎樣，」我不甘示弱地回擊：「高中生就不能覺得你吵嗎？」

「不是。我只是想，難怪，」男人咧開了嘴，看上去似乎很高興，「難怪妳不知道什麼是DJ。」

「只是現在的學生都這麼乖嗎？我在妳這個年紀的時候，已經是舞廳的常客了。」他一邊提問，手一邊誇張地在空中揮舞，「你們都不會翹課嗎？晚上都待在家裡讀書？」音樂還在整個樓層間來回震動。我皺著眉頭看著他，不知道要怎麼回應。我開始懷疑樓下的住戶們要不是耳朵有問題，就是對這些旋律與節奏麻木了。

「妳覺得怎麼樣？」他突然沒頭沒腦地問。

「什麼？」我聽見了，只是聽不懂他在問什麼。遂只是大聲朝他的方向喊了回去。

「我的意思是，妳、喜、歡、迪、斯、可、嗎？」他比了一下他身後的門，動作看起來像是在邀請我入內：「譬如這首歌？」

我愣住了。因為音樂太大聲，太不受控制，而且總是干擾我讀書的時間，因此我其實，沒有仔仔細細聽過他放的任何一首歌。總是節奏一響，我的耳朵便自動屏蔽，或搜尋一些樂音之外的聲響以為抵抗，譬如筆摩擦紙頁、秒針滴答繞行鐘面，或者媽提前返家時，鑰匙來回在鎖孔中尋找鎖心正確位置的試探。我透過這些強迫自己專注，雖然通常沒什麼效果。我發現自己記得的、關於音樂的片段，都僅僅是一種汙染。

於是第一次，我試著拋離我身處的空間、時間，和其他有的沒的雜訊，靜靜站在原地，讓一首歌完整地經過我。節奏是線索，重複出現的旋律勾引我，我感覺自己重新連起了一些破碎的部分，並對這首歌有了一種畫面的想像。

我抬起頭。男人正以充滿期待的眼神看著我。還不錯，滿輕快的，我有點心虛地說，會讓人有種想跟著一起律動的感覺呢。

笑容在男人臉上綻開像煙火。他說對對，迪斯可本來就是用來跳舞的音樂。這首是 The Brothers Johnson 的 *Stomp!*，當時可是舞廳裡最熱門的曲目之一呢。他愈說愈興奮，但我只是皺著眉頭看著他。於是他的語速漸漸放慢，「再小聲一點？」我點點頭，他踩著拖鞋跑回房間。門大剌剌地敞著，我瞥見裡頭有一組看起來很柔軟的沙發，一對好像很昂貴的音響和一整面密密麻麻排列著唱片的櫃子。

樂音漸弱，他走出來，小心翼翼地問這樣可以嗎，我說等一下，我把門關上，慢慢踱回到我的房間，看著桌上散亂的課本與習作，角落幾疊從書店租回來的無聊小說，和牆面的裂痕，感覺耳朵抽出一條又一條絲線。然後我回到男人面前，停頓了一下，問他，這是另外一首歌了吧？

對，他似笑非笑地看著我的眼睛，不過也是迪斯可。

「我覺得妳應該會喜歡這首歌。」男人換了一個姿勢，他倚在門旁，用一種彷彿一切事情都已經得到掌控的姿勢面向我。

我瞇起眼睛，說嗯，還滿特別的。

男人開心地笑了。他問，妳想要再聽看看其他音樂嗎？他的手擺向他家客廳，音樂毫無阻礙地從裡頭湧出。我順著他的手望進去，看了大概有十幾秒的時間。

我說，不行，已經很晚了，我功課都還沒寫完。

那妳改天有空再過來好了，基本上我平日晚上都會在家。

「妳要來的時候就按個門鈴。」他說得好像我們已經約好了一樣。「我叫 Frank。別擔心，妳舅舅知道我是誰。」

他揮揮手，關上門。我回到桌前，拿起筆轉了一圈又一圈。我覺得我的腦袋一定是秀逗了。因為我居然真的開始在想，要找一天到這個叫 **Frank** 的男人家裡，聽他播那些用來跳舞的音樂。

※

接下來的幾天，我沒有再聽到從 **Frank** 房間裡放出的任何音樂。家裡清靜得像是晚自習的學校走廊。每個小時我把窗戶打開然後關上，確認那些在我腦子裡迴盪的旋律不是來自其他地方。一如往常在十一、二點才回家的母親，穿著她那身沾滿食物氣味的衣服大剌剌躺在床上。她說，這幾天是不是變得安靜不少？我聳聳肩，把洗好的內衣褲丟在她旁邊。這樣妳考試就沒有藉口考不好了吧？她一把抓起衣服，用令人討厭的鼻音在我的背脊釘上標準。

隔天下課時，我鼓起勇氣問佳敏，知不知道什麼是迪斯可。她皺了皺眉頭說，那不是以前的人在跳的舞嗎？我又問，那妳去過舞廳嗎？她瞪大了雙眼看著我，彷彿我說的是什麼再嚴重不過的祕密一樣。她說，當然沒有，那不是不良少年群聚的地方嗎？

「妳為什麼要問我這些問題？」佳敏壓低了嗓子，將臉湊向我的桌旁。「妳偷談戀愛喔？」

「我沒有。」我說。

她用鼻子哼了一聲，說她媽跟她講過，去舞廳的人都是一些豬哥，會趁跳舞時候偷摸女生。裡面還有很多流氓，會在那裡一邊「喬代誌」，一邊吸毒、打架什麼的。

「總之，不讀書的人才會去那裡玩。」她下了結論。

「那妳媽怎麼知道那裡都是豬哥跟流氓的？」我好奇地問，「妳媽去過舞廳嗎？」

「不會吧。」佳敏皺起臉思索了一會，似乎也在暗暗懷疑她母親的清白，「我知道了，可能她年輕不懂事的時候去過一次，後來就不敢再去了吧。」

等等，妳該不會是想要去舞廳吧？她突然緊張地問。

沒有啦，我怎麼可能。我揮揮手。我有在讀書啊

那就好。妳知道，我真的很不會保守祕密。她吁了一口氣。

這我再清楚不過了。剛轉進這間學校時，我沒有朋友，是佳敏第一個主動過來與我搭話，問我臺中好玩嗎，為什麼要特別搬來臺北，我是怎麼考進這裡的。她的問題很多，似乎對我之前身處的世界充滿好奇。我於是沒有任何防備地答覆她。她一邊聽，一邊看著我的表情，眼睛愈睜愈大。

「所以連續劇演的那些都是真的囉？」她問，「你們中南部的爸爸，喝酒後都會打老婆

打小孩。」

「我不知道其他人是不是也這樣。」我琢磨著她話語中的涵義，並沒有覺得被冒犯，「不過聽說我爸後來戒酒了。」

是喔。她心不在焉地聽著。沒多久，班上的同學就都知道了我與他們之間究竟有多麼不同。我被班導約談，關切家庭與身心狀況。老師小心翼翼地問我還痛嗎，搬到新家之後有沒有好一點，我說沒事老師，我真的沒事。只是所有同學仍然用那種彷彿看待瀕危物種的目光，憐惜地看著我，每當老師們提到關於家的議題時，都會曖昧地朝我的方向投以關注的眼神。在某些時刻，我竟突然有點同情起我爸：在島國北端的城市，他婚姻的失敗，僅僅被歸因於酒精和暴力。儘管這些很可能並不是他與媽之所以協議離婚的原因。

事後我忍不住埋怨佳敏，怎麼可以那麼輕易地出賣我的身世。但她只是無辜地說，因為妳的故事聽起來太可憐了。所以講出去之後，我就因此變得比較不可憐了嗎？我質問。她說，沒有。她的誠實重新贏得了我的信任，因為這是我做不到的。如果我像她一樣犯了錯，說了不該說的話，我腦袋裡想的一定都是要如何討好對方。至少我和我媽的相處是這樣，我們有過幾次小小的爭吵，但依然相安無事。

雖然，佳敏的情況很可能只是，她根本不覺得自己做錯事了。那也沒關係，反正我也不能明確地分辨出一件事情的好或壞。直到現在，我仍然不能肯定，自己是不是真的比較願意跟媽住在新店溪附近的老公寓頂樓，而不是與犯錯的爸、年幼的弟一起，住在那間充滿菸味與酒味，可至少有自己房間的透天厝。

但事情終究只能這樣。我沒有選擇。每天放學我搭上公車，捏著單字本，和其他青春的、散發陣陣汗味的肉體擠在一塊，越過一座橋，經過幾個交通混亂的紅綠燈與商街回到家。這裡總是不停下雨，雨傘滴落的水總會在公車上匯成一窪窪水潭。我小心翼翼地伸出手按鈴。我踩著溼漉漉的鞋子，擠開其他面無表情的學生們下車。我跋涉過兩個路口。我推開紅漆斑駁的鐵門，爬上六樓，在家門口前摸索著口袋。

不知道為什麼那一天鑰匙不在我的口袋。水滴順著傘緣流進我的鞋口。我在那邊找了很久、很久。突然，我彷彿聽見細微的音樂，從對面房間中一點一滴流出。

我悄悄把耳朵貼在門上，彷彿聽到自己的心跳聲。

我下定決心，按了門鈴。

「對不起，房間有點亂。」Frank 一邊道歉，一邊手忙腳亂地抓起四處亂丟的衣褲。「我不知道妳今天會來。」

「我忘記帶鑰匙了。」我放下書包與制服外套，打量起他的房間。「你不用工作嗎？」

「今天沒有工作，」Frank的話語從另一間房門後傳來，「我只有週末有班。」我聽見他把垃圾袋用力綁緊的聲音。雖然同樣是兩房一廳的格局，但他的屋子特別給人一種開闊的感覺。或許是因為他把所有雜物都塞到角落或其他房間裡去了。整個客廳中央只有沙發、音響和一張長桌。桌上擺著兩個看似用來放唱片的播放器，與一臺有著許多條軌道和謎語般難解指示的盒狀機器。機器背後牽著許多線，牆壁貼滿了外國歌手與樂團的海報。左側，一長列黑膠唱片整齊擺放在突起的木架上，乍看像是博物館的陳列。我驚奇地從中拿起一張，沒想過黑膠唱片原來是這樣巨大。

「那張是一九七八年Rod Stewart的專輯，裡面有首*Da Ya Think I'm Sexy?*，是當年舞廳必排的曲目。」Frank的聲音突然變得清晰。他不知道什麼時候來到了我的身後。「妳想聽聽看嗎？」

不等我回話，他從我手中接過黑膠，將唱片放到播放器上。似乎是看見了我眼中的困惑，他一面調整著機器部件，一面介紹：這是唱臂，這是唱針，當它摩擦過唱片上面的凹槽時，便會把唱片上記錄的聲音播放出來，然後這個——他溫柔地拍了拍播放器——是我買的第一臺唱盤。

「這臺唱盤放出的聲音，會經由音軌線傳到中間的 Mixer。這樣我就可以透過等化器，調整各種頻率聲音的音量了。」介紹完畢，他小心翼翼將唱針安在唱片上，手熟練地推著 Mixer 上的推子。音樂順著唱盤的運轉，一圈一圈從房間中心擴散開來。Frank 坐到我的旁邊，陶醉地用手打起拍子

「為什麼這麼喜歡迪斯可？」我問他。

「有什麼理由不喜歡嗎？」他反問我。我挑了挑眉，說至少在我這個年紀就沒什麼人喜歡。

Frank 安靜地注視著我好一會，然後他走向櫃子挑了幾張唱片出來。「妳只是聽得還不夠多而已。」他這麼說。他重新戴起耳機，把唱片安入唱盤，並將另一臺唱盤接上 Mixer，手指在寫著 CUE SELECT 的地方一撥，下巴不住點動，似乎正在計算著什麼。接著他將兩條音軌中間的推子緩緩右推，另一隻手按壓住原本的唱片，跟著拍子來回推移，發出帶著金屬顆粒感的摩擦聲——突然一個偏滑，兩首完全不同的歌曲，就這麼在下個拍點接上了。

我就這麼坐在沙發，看著他忘我地操弄著唱盤。唱針轉過一圈又一圈凹槽，存取的音訊隨著摩擦被重新搖震至空氣中。直到一面唱片堪堪放完，他拿下耳機，將唱臂小心翼翼地置回固定座，抬起頭來看我。「好神奇。」我緩緩開口，不知道還能多說什麼。

笑容重新綻開在他臉上，「我就知道妳會喜歡的。」他坐到我的身旁，手理所當然地環住了我的肩膀。剛剛最後一首是什麼歌？·Baltimora 的 *Tarzan Boy*。音樂歇止了，我有點慌亂，但他只是若無其事地繼續講。在迪斯可最紅的時候，我每天都跟朋友翹課去舞廳跳舞。他說話的氣息包裹住我的耳朵。有時週末也會去冰宮，一群人手搭著肩繞成好大一圈，跟著 Billboard 上最熱門的歌曲一起合唱。儘管當時還有舞禁，但所有人都在迪斯可的風潮下，不自覺地跨過了規矩。

所以，我喜歡的是迪斯可以及它象徵的所有東西。他說。什麼意思？我感覺自己臉頰有些發燙，氣流通過喉嚨但發不出完整的字詞。他的嘴唇劃過我的脖頸，手溜溜拂過鎖骨，爬上我的胸部。我好不容易攢起最後一絲力氣抓住他的手腕，感覺心臟咚咚作響。我問他，不聽其他歌了嗎？

他笑了笑，站起身來，看似漫不經心地從櫃子裡抓了一張唱片。他說，這是我自己灌的第一張歌單，花了兩個禮拜才把歌的 BPM 跟接點都對準。他把唱片放入唱盤，音量轉大，瞬間鼓的轟鳴與電吉他的聲響淹沒過我。

「我很緊張。」我勉強從喉嚨擠出聲音來。Frank 捏了捏我的肩膀，摸了摸我的頭。「沒事的，妳是一個好學生。」他的聲音與巨大的轟鳴糊在一起。然後他站到長桌旁的空間，自顧自地跟著節奏動了起來。

他先是慢慢用腳點著拍子，接著彈動盆骨如水母張縮，手指上下自然甩擺，身體時而張狂、時而節制地擊打拍點。他擺手示意我跟他一起，我搖頭，默默地看著他在房間的中央快樂地舞動。

妳不會跳舞嗎？他喘著氣將唱盤按停。我說嗯我以前只跳過健康操。他哈哈大笑，說健康操其實也是排舞的一種。他的臉頰通紅，汗水浸濕了他的瀏海。我問他，真的嗎？他說，真的。妳只要會數節拍就可以跳舞，妳只要在迪斯可的音樂裡擺動身體，就是在跳迪斯可了。

要想像妳的身體是自由的。他一邊說，一邊重新放起音樂。然後妳就會明白迪斯可的感覺。我在他鼓勵的注視下試著活動肢體，但總是同手同腳，連節拍都對不上。我不好意思地笑了一笑，問他這樣對嗎。他說，妳跳得很漂亮。我們沉默了一會。他把唱片收好，工整地擺回櫃子。他開口，說剛剛那首歌是Bee Gees的*Stayin' Alive*，是迪斯可的起點喔。當初因為電影《週末夜狂熱》的緣故，好多人都聽著Bee Gees學起約翰屈伏塔的穿搭和舞步。

Stayin' Alive。我跟著他覆述了一遍。他說對，*Stayin' Alive*。

妳想看看那部電影嗎？他問。週末我們可以一起去西門町的MTV。

好啊，再看看時間吧。我那麼回他。然後我向他道別，走回自己的家，感覺好像離開冬日的陽光。那天晚上我一直不成調地哼著 *Stayin' Alive*，洗澡時哼，寫作業時哼，關掉燈後也還是在哼。躺在我身旁的媽困惑地問，妳怎麼會知道這首歌的，這可是我那個年代流行的音樂。

妳也聽過迪斯可嗎？我問媽。她說，當然了，我也是年輕過的啊。那個時候還常常和妳爸去千越那邊約會呢。

可惜後來都燒掉了。她嘆了口氣，好像過去正在她眼前燃燒。我轉過身去，不想再多知道什麼，而她也沒有要繼續聊下去的意思。我們就這樣背對著彼此，閉上眼睛。

※

音樂亮起，火車進站，皮鞋敲扣在路面上的速度是每分鐘一〇四下——這就是所謂的「four-on-the-floor」，在4/4拍型下，鼓穩定且明確地擊打出每個拍點——在電影開始前，告訴我什麼是 disco beats 的 Frank，如今專注地盯著發光的螢幕，身體輕輕搖晃。

Bee Gees 清亮的頭聲在迴盪，畫面上約翰屈伏塔正擺著屁股走路。我們坐在黑暗的包廂裡面，我的手臂輕輕靠在 Frank 的腿邊，心裡預感著有什麼將要發生。服務生端著飲料進來，曖昧地對我笑了一笑後關上門離開。但 **Frank** 只是直直地坐在原位，口中喃喃著，好懷念，真的是太懷念了。

坦白說，《週末夜狂熱》並不是一部多好看的電影。它有很動感的旋律，也有令人賞心悅目的演員，但是——我還是不知道它為什麼足以引起一整個時代的熱情。裡頭許多劇情的安排跟人物的言行都令人出戲，約翰屈伏塔華麗的舞步現在看來也多少有點老土。我看著 **Frank** 被電影照亮的側臉，想不明白他至今仍著迷迪斯可的原因。

看完電影之後，**Frank** 開心地拉著我的手在附近閒晃。他問我，怎麼樣？我誠實地告訴他，我覺得沒有想像中有趣，但我很想再多瞭解一點。

教我怎麼跳舞吧。我鼓起勇氣這麼說。

或許他一直在等待我的請求，或許《週末夜狂熱》並不能以電影的形式評價，而必須把它視作一則來自古堡的邀請。總之，**Frank** 開始教我跳舞。不是之前那種在音樂裡跟著節拍隨便擺動的「舞」，而是非常嚴謹的：華爾滋、探戈、恰恰、吉魯巴等等交際舞。畢竟交際舞才是舞廳主要的活動，他說，所以學習怎樣在音樂中與人互動也是很重要的一件事。

DJ 播歌通常會先以一首輕快的曲目開場，接著快慢交錯地放，讓舞客可以從甜美的華爾滋到熱情的探戈，然後返回抒情的倫巴，再轉進歡快的恰恰與吉魯巴。至於迪斯可，則是中場休息的額外娛樂，只有在深夜特定的快歌或排舞時間，Frank說，你才有機會見識到像約翰屈伏塔那樣大秀舞技的場面。

這跟我想像的有點落差。但是沒關係，Frank牽起我的手，從基本的腳步開始教起。澎、恰恰，澎、恰恰，進步、退步、轉步、換步，我順著他的帶領，慢慢沉入華爾滋裡面。然後是速度更快的恰恰跟吉魯巴，我光是數拍子便已經暈頭轉向了，根本沒辦法跟上Frank的指示。還好他足夠耐心。他總是說，沒關係，我們先把速度放慢。仔細聆聽歌的節奏，跟著我的引導，踩地的時候要想像身體是個彈簧——

對了，我的身體是個彈簧。不知道是從什麼時候開始的，放學之後我習慣先拐向Frank的房間。我們會一起聽著音樂，吃個簡單的晚餐，休息一下之後就開始跳舞。我逐漸熟悉了他房間各種角度的模樣，向右旋身的時候看見的是唱片櫃，後退的時候眼前是桌燈以及沙發。第一次躺在他臥室床上時，我看見光一格一格在天花板上搖晃，彷彿窗外的世界也在跳舞；他抱住我、親吻我、撫摸我，而我以他的動作回應他。直到我們兩人終於全身赤裸，他才突然想起什麼那樣，緊張地問我，妳已經十八歲了對嗎？

對，我閉著眼睛說，我已經成年了。我騙了他，但我沒有感到一點愧疚或懊悔。我只是毫無邏輯地，忽然想起家裡各式老舊的家具、同學們聊天的聲音，以及媽厚厚妝容底下疲倦的臉。

然後他進入我，在我身上喘氣擺動著腰，就像他跳迪斯可時那般投入。結束之後他將頭輕輕靠在我的肩。他問我，舒服嗎？我思索了一會，告訴他，我還需要再多瞭解一點。

Frank 開心地笑了。他翻身仰躺，與我一起沉默地注視著天花板。他說，我其實很怕妳不喜歡。

「不喜歡什麼？」我問。

「這裡的一切。就像妳說過的，現在早就沒什麼人在聽迪斯可了。」我意識到他將自己與迪斯可等同起來，但我一時不知道應該怎麼安慰他。我說，也還是有很多人會去跳舞不是嗎。他搖搖頭，把手輕輕放在我的肚子。

後來那天我們又做了一次。我重新穿上衣服的時候，仍然聞得到自己身上殘留著 **Frank** 的氣味。那讓我感覺像是擁有了另一種身分，開啟了另一段生活。我像洞穴寓言裡看見光的人，小心翼翼地回到地底。打開房門，媽坐在化妝臺前，透過鏡子定定地注視著我。

「妳去哪裡了？」她的語氣出乎意料的冷靜。我不想騙她，但也不想承認什麼。於是我岔開話題，問她今天怎麼這麼早回來。

沒有人打算先回答。我們就這樣在原處對峙了好幾分鐘。終於，她嘆了一口氣，轉向我，「妳最好知道自己在做什麼。」她揉了揉自己的太陽穴，「我現在真的沒有多餘的心力管妳在幹嘛。」

我什麼時候要妳擔心過。下學期就要聯考了，妳難道不想考上好學校？反正只要考上不就好了嗎，我總不必整天都在讀書吧。我的聲音漸漸上揚，反倒是平常容易失控的媽，語調仍然不慍不火：那妳想過自己未來要做什麼了嗎？

我愣了一下。我說，反正只要能賺錢就好了，不是嗎？她瞇起眼睛，搖搖頭，用憐憫的眼神注視著我。那妳又做了什麼？巨大的樹從我腦袋炸出。妳沒讀大學，賺不到什麼錢，婚姻失敗，連遺產都分不到。錯結的枝葉拉扯著我的嘴唇。妳管我做什麼？我做什麼都會活得比妳好。

那就好。媽的表情沒有一絲波動，彷彿那些話也正是她對自己的看法。老實說，我最近認識了一個新的對象。她平靜地說。他是一個好人，很溫柔，經濟狀況不錯，也願意接受我帶著一個孩子。

既然妳覺得妳能過好自己的生活，那我就放心了。媽講得好像她已經完成了什麼任務一樣。沒意外的話，我們會在過年前搬家——妳不是一直想要有自己的房間嗎？我原本就有自己的房間。我打斷她。我關上房門，蹲坐在廚房的椅子上。黑暗的廚房裡，聽得見什麼在窸窣窸動的聲音。我摀住耳朵，身體不由自主地顫抖起來。

就是在那一刻，我想，我內心暗暗做了一個決定。我要拋下所有責任、愧疚與驕傲，到另一種生活裡去。我不要照著媽期待的那樣考上好大學、找到好工作而後出人頭地了。我要自由，我要快樂——然後回過神來，我已經站在 Frank 家門前，用力地摁著門鈴。我一次又一次敲打著鐵門，完全不在乎媽會不會聽見。

什麼事？Frank 驚慌地打開門，發現是我之後他皺了皺眉，問我在幹嘛。我說，讓我進去。他瞥了我家的方向一眼，沒有多講什麼，只是默默地把門關上，遞了杯水給我。

妳不能因為跟妳媽吵架就跑來我這裡避難。他說。你不是說我隨時想來都可以嗎？我問。但我不想把事情搞得這麼大。他嘆了一口氣，疲倦地躺在沙發上。我還要住在這裡一陣子。妳舅舅沒告訴過你們嗎，我已經預繳兩年房租了。

時針在轉動。Frank 走進寢室裡，對著穿衣鏡整理衣服。沒有背景音樂的這裡，空氣凝滯得像是水銀。我開口，說帶我去舞廳吧。你不是說過等我學好舞步就要帶我去 Kiss Disco 嗎？我已經會了，我現在就可以跳舞。

我要工作。他的語氣很冰冷。今天我有班。

那帶我去你工作的舞廳也可以。我心一橫，站到了他跟鏡子的中間，直直地看向他的眼睛。早點回去吧。他敷衍地摸了摸我的頭，我撥開他的手。我說，我是認真的，我不害怕。
那裡不是妳想像的那種地方。他套上黑色皮衣，牽著我的手就往外走。直到樓梯口，他鬆開我的手，用下巴點了點我家的方向，但我沒有移動。
讓別人知道又怎麼樣，我說，聽迪斯可不好嗎？跳舞有什麼不對嗎？做愛有什麼不能講的嗎？
隨便妳吧。他嘆了一口氣，走下樓梯。我跟在他的後面，鞋跟扣在階梯的聲響迴盪在整間公寓。我們一前一後走到大路上。深夜的街道，行人與車都好像正要趕赴到某場集會那樣急促。他招手攔了臺計程車。我一聲不吭地跟著坐了進去。他沒有擋我，但也沒有說話。我們各自沉默地望著窗外，耳邊僅有收音機斷斷續續播放的老歌。
就這樣到了西門町，我們下車。在燈紅酒綠的樓與樓之間，**Frank** 走進了特別陰暗的一棟。門邊保全眼皮連抬都沒抬一下。偌大的廳堂只有我們兩個人在等待。妳一定會失望的。**Frank** 輕輕地說。什麼？我抬頭看向他。電梯到了，電梯搖搖晃晃地上升。門打開，一個中年男人百無聊賴地坐在入口，前方的桌子散著幾張票根。
Frank，這次帶的妞也太年輕了吧。那個男人向 **Frank** 擠眉弄眼，我緊抓著 **Frank** 的手臂走進舞廳，沒理會男人的調笑。裡頭很黑，彩光忽明忽暗地照映出中間空無一人的舞池。我隱約瞥見兩旁的座位區坐著稀稀落落的人，他們不發一語，眼睛像貓一樣盯著我。Frank。我有些害怕地喊他，但他沒有理會我，只是逕自走進後方狹窄的角落，戴上耳機。

沒多久，音樂從四方音響流瀉而入。是高凌風的〈惱人的秋風〉——一聽到旋律我就想起來了，這是在我爸的車上會播放的那類歌曲。我看著舞客一個接著一個起身，走到舞池。光照在他們明顯的法令紋與略為鬆垮的皮膚上。他們穿著襯衫、高腰牛仔褲和專業的舞鞋，開心地用身體打著節拍，在旋律之間互相說話、試探、眉來眼去，就好像在完成什麼精巧的儀式。

隨著慢舞的音樂淡入，他們牽起手、扶著腰，陶醉地繞著舞池旋轉。我愣愣地看著這一切，這個我想拋下所有包袱重啟的、嶄新生活的面貌。座位區的桌子上擺著滷味、水果和瓜子，舞池前後的鏡子讓整個空間乍看像是一個大型的體育教室，廉價的迪斯可燈球掛在天花板，感覺隨時都要墜落。整個偌大的舞廳裡竟沒有任何一個年輕人，就好像時間被凍結在此界之外，只有迪斯可在行軍。我彷佛可以看見我媽與她新認識的對象在舞池外圍牽抱，在彼此的耳邊開心笑語。

地板輕輕震動。五顏六色的燈光明滅。歌曲轉換之間，Frank抬起頭來望了我一眼，彷佛嘲弄。然後一個陌生男子朝我的方向走來，露出一口黃牙，一邊遞出了他肥厚的手。我終於無法再忍耐下去，轉身撞開舞廳的大門，跑進了黑暗的逃生口。

熱鬧的聲響被關在我的身後。我一邊緊握扶手，一邊摸索著階梯下樓。一步，再一步。最後我停在不知道哪一層樓的中間，低低地流出眼淚。

我忘記自己最後是怎麼回到家的了，正如同我忘記自己後來是怎麼離開那棟公寓。媽沒有騙我，她在寒假前帶我搬到了古亭附近的新家。在那裡我有自己的房間與書桌，拉開窗簾可以看見早晨的陽光清脆地透進。媽的新對象也確實是個溫柔的人，在他們辦理完結婚登記之後，他並沒有要求我稱呼他爸。叔叔跟我基本上不太說話，但我出乎意料地沒有討厭他。我只是會在媽跟他有任何親暱互動的時候別過頭去。那沒辦法。我理性上理解，但身體就是無法接受。

至於對爸跟弟的想念，我幾乎把它們全部留在那棟公寓了。身為最後一屆聯考的考生，我很快就回到了應有的備戰狀態。多虧佳敏，成天對著我說考試有多難、壓力有多大而她多想上臺大，那個原本被我一念拋下的世界，便重新接回了我的眼前，就好像它從來沒有離開過。

補習、讀書、考試，放榜那天，媽和叔叔比我早一步得知了結果，他們在我去買晚餐的時候，偷偷訂了一個大大的披薩作為慶祝。「恭喜考上第一志願！」燭火燃起，彩帶寥落地噴出。我們一邊分食披薩，一邊開心地聊著我將臨的大學生活。我說，我要參加很多社團，修很多想修的課。

好，媽說。如果順利的話，畢業之後我想出國讀書。沒問題，叔叔這麼回我。一瞬間，我的生活似乎不再有什麼需要對抗或超越的標的了，我可以自由地做任何我想做的，並去到任何我想去的地方。但不知道為什麼，我忽然感覺很失落。我得到了迪斯可所象徵的，卻永遠失去了迪斯可。

我沒有再見過 **Frank**，也沒有再回去過那棟公寓。上了大學之後，我認識許多新朋友，也嘗試與一些人交往過，但總是無疾而終。有時我會從其他人口中聽到前任們對我的評價，在他們的抱怨裡，我似乎是個冷淡、傲慢並且無聊的人。我覺得他們沒有錯認我。說真的，我對他們感興趣的事物根本沒有任何興趣。我甚至不知道自己為什麼要跟人交往。所以漸漸的，我也就接受了自己的孤獨與平庸。

直到某一天，我在酒吧裡認識一個同樣來自臺中的調酒師。他告訴我，他下個月就要回到臺中，在火車站前金沙大樓的旋轉餐改做外場了。「為什麼？」我問。他聳聳肩，說他只是想要換到一個特別一點的地方工作。那邊可以看到遼闊的夜空與遠方的山，而且景色會一直旋轉，跟他現生活的環境很不同，所以，是一個符合他期待的轉變。

「這樣聽起來會很奇怪嗎？」他微笑著問。我說不會，我很能理解那種無關好壞，而就只是想要離開的心情。所以妳也做過類似的決定嗎？他問得有點冒犯。我思索了一會之後告訴他，還沒有，我回答得很認真，但他大概以為我不想多講，所以僅僅是點了點頭。正當我們彼此相對無語，突然，旋律響起，男子清亮的頭聲劃破空氣。我馬上就認出了Bee Gees的獨特聲線。

妳在發抖。調酒師溫柔地拿下我手上的玻璃杯。怎麼了，妳還好嗎？我搖搖頭，顫抖著環抱住自己的肩膀，閉上眼睛。整個世界在旋轉。我輕輕搖晃身體，讓熟悉的旋律重新將我淹沒，將我深入，將我一寸一寸地解開。我忽然就想起了迪斯可的感覺。於是我鬆開手，我睜開眼睛，我張口，開始對著眼前這個男人說話。直到音樂歇止，其他人都離開了，我都沒有停下。

末代紳士

也該是時候了，他對著查理喃喃，可能某部分亦同時在提醒自己。自從三年前，被稱作末代紳士的英國首相終於卸下他一身行頭與職務，他便無時無刻不在想像自己，成為象徵與實質意義上，最後一位西裝師傅。而今獲獎消息公布，各家媒體爭相邀約採訪，他反倒猶豫起來，不確定自己應該高興還是難過。

文化部長親發的得獎通知還擱在顯示屏幕。上頭列數著他六十年來所有重要事蹟，譬如開始學徒生涯、當上西服店店長、榮獲金針金線獎冠軍等等，觸碰後且會跳出立體紀錄實境供他重溫。令他訝異的是，連他二十歲的模樣、他在廠裡學縫褲腳的場景，都在影像中被完美模擬、復刻，彷彿隱隱中有誰陪他一同親歷過這一切，替他記下了所有細節。他凝視著自己年輕的面容，像是提前預習他自己的葬禮。同期被列為「傳統文化技藝傳承者」的尚有咖啡師與哲學教授，他思索片刻，發現自己確實好些年沒見過誰在磨豆或談論哲學。不過大家還是這麼生活過來了，包括他自己。

客戶、親友祝賀的影像訊息，淅瀝瀝從智慧型手環瀑起如泉湧，他揮揮手，要查理將通知全關了。屋內頓時安靜下來。他打開小孫女前陣子生日贈給他的抗老化刮鬍膏，仔細地抹勻在嘴唇周圍及下顎，然後拿起多功能刀具將乳膏緩緩推開，「待會要和年輕的女記者見面，我可得好好打扮。」他說。可惜查理分辨不出這是玩笑話。查理用雷射光指著他的眉毛尾端，說這裡該修一下，又從抽屜裡取出一盒美容霜和面膜，要他臨時抱個佛腳，以免無法被鏡頭正常判讀為人臉。啊這句話倒是滿幽默的，他心裡想，一面從衣櫃裡挑出半寬角領襯衫、三年前縫製的軍藍色條紋三釦西裝與單縫摺直筒褲。上一次接受專訪真是好久以前的事了，彼時大兒子才剛剛投入第二型家用機器人的研發，妻尚未開始接受化療，連相熟的幾家同行，都仍樂觀地想著怎樣為傳統產業轉型加值。

他記得那是個學生作業，年輕學子們連訪綱也沒準備，劈頭便問他製作西裝的步驟與鋩角，說是要在全校面前展現手工藝體驗的成果。他暗暗納罕著學校的教學方針，但仍然很客氣地回覆，這恐怕超出所有課堂作業的合理時限。沒想到學生聳聳肩，說他們只是要感受一下製作的過程，彷若生活不過是實境遊戲的延伸，可以隨自己喜好選擇體驗或者不體驗。那次訪談深深挫折了他。後來他好一陣子不再願意受訪。直到一、二十年過去，機器人開始全面量產，人類第一次登陸了太陽系以外的星球，他才終於答應這家旨在「挖掘ＡＩ時代下人類可能的生活面貌」的媒體專訪。其實他心裡也多少有數，若不趁他有些名氣時多說點話，或至少留下一些零零散散的紀錄，可能再過幾年，西服這玩意兒，便真的只剩下遊戲布景的功能了。

雖然，這似乎也沒什麼好感傷的。就像人老了退休，電影舊了翻拍，流行久了便換一種流行，這都是很自然的過程。有次他和小孫女閒聊到他小時候，電影廣告都是用手繪的，畫師端張板凳坐在騎樓下，對著空白的看板塗塗畫畫，將電影角色的表情、神韻栩栩如生地重現眼前，配上俗擱有力的字體，簡直吸睛得不得了，路過都會多看幾眼哪個人物最鑠葩。哪像現在串流平臺直接串到生活各個角落，上個廁所推薦人被鏡像對調的科幻電影，吃個飯也要推薦糧食引發的戰爭片，根本是強迫中獎、一點想像的距離都沒有，看到只想趕快關掉。可是阿公，小孫女疑惑地說，現在廣告都可以讓你直接進去和明星同演捏。這樣不是更真實、更有臨場感？

也是啦，他摸摸小孫女的頭，感到有些難為情。不錯喔懂得獨立思考，下次阿公再請妳去逛月球。小孫女回不用啦阿公，我校外旅行去過好幾次了，那邊沒什麼好玩的。唉世事竟能變化得如此之快。他憶起當年和妻好不容易登上月球，面對眼前荒涼如末日的景色，那份感動與悲傷，彷彿他們終於見證了愛情的真正盡頭。誰知道沒多久迪士尼砰一下又開發了火星樂園、木星探險套裝行程，瞬間月球變成從高雄到臺北一樣容易。目睹這些過去以為永遠不可能實現的事，在現實中一一實現，進而成為日常，他總會有種恍如隔世的感覺，以為自己所知的一切知識與定理，終將比他更早進入墳墓。

正如眼前這個被喚作查理的超智慧機器人。他凝視著他依黃金比例打造的身形，背脊突起的動力裝置和複製自某個韓國歐巴的臉龐，後者以高靈敏度晶瞳回望，判讀他的意志。他微微抬高雙臂，查理立即抖了抖西裝——這是小王前陣子幫忙導入的行為腳本，他覺得這樣比較有人情味——替他穿上，調整後領、拉展肩線，確認襯衫衣袖超出西裝外套袖口正好兩公分，然後從抽屜拉出一列顏色樣式各異的領帶。他選了條鵝黃色圓點領帶，為自己打上基本的平結，大劍寬端垂落在咖啡色真皮皮帶的扣環。再繫上外套鈕扣，摺好褲腳，他站起身來，感覺有點暈眩。

非常好看，查理說，您看起來十分年輕。

他勉強點點頭，等待事物的毛邊慢慢平整。窩在沙發旁的小咪喵嗚叫了起來，他這才猛然想起要叮囑查理記得換貓砂。查理圈起食指與拇指，比了個OK的手勢。我很快就回來了，他向小咪揮揮手，後者還他以冷眼。走出家門，炙熱的陽光熨燙著街道，空氣中，不知名的微粒與分子搔弄他裸露的肌膚，待他好不容易招到一臺非自控計程車時，汗水已經浸透襯衫。司機同情地望著他，說先生現在這個天氣你還是換件涼袍吧，沒內循環的衣服曬下去會中暑的。

無要緊，他說，我等一下欲到老時光去，猶是穿西裝較有感覺啦。

噢，先生你很內行喔，司機說，難怪你會選擇這臺有人駕駛計程車。說完他自顧自呵呵笑了起來。車子順著設定好的路線飛快移動，懷舊金曲已自動淡入。司機轉過身問到目的地前還有十五分鐘，先生今天想聊點什麼？他想了一想，說他等等要講很多話，還是休息一下好了。

司機點點頭，說這個情境也很多乘客喜歡呢。

然後他們各自無語地望向窗外。

水源地、臺中公園，然後是綠川——沿著綠川兩側，不同時期的臺中風景商品型錄也似地攤展在他們面前，拆遷前的建國市場、轉角的軍警用品店一角，甚至是遠處頂樓餐廳正緩慢旋轉的金沙大樓（對了那時候這棟樓還叫做金沙）——隨著新興重劃區不斷向外圍擴張，被政策與商人棄置的舊城區反倒挺過了進步的洪流，幾近無損地被保存下來，成了他與妻常去的「老時光」。妻尤其喜歡位在平等街上當年老樹咖啡舊址，擬仿二〇一〇年前後大量冒出的文青咖啡所建成的老貓咖啡店。店裡有隻胖嘟嘟的橘貓，妻總是在等候咖啡熬煮時逗著牠玩，撓撓牠的後頸、捏捏肚子，「阿貓、阿貓」親密地喚。不太喝咖啡的他通常會點杯紅茶，坐在窗旁的座位，瞇眼看陽光灑在妻的背上。磨豆機運轉的顆粒聲漫過音樂。橘貓靜止在陰影裡。一些人經過，一些人向牠揮手打招呼，好像街坊鄰居那樣親切。他們會這樣虛耗一整個下午，一整個週末，甚至有時，他會以為他們就是這樣安靜老去的。他喜歡自己這種不切實際的想法。

這次訪問原本也打算約在老貓咖啡，是他主動向訪問人提議，想說藉此機會再看看那隻橘貓也不錯。沒想到一查才知道店早在五年前就倒了（「值得慶幸的是，」查理說，「那裡還是一家咖啡店。」），算一算離妻過世還不到半年。後來他們改約在成功路與繼光街交叉口，一家採光良好、座位寬敞的泡沫紅茶店，位置離他以前在第一廣場旁開的西裝店不遠。

搖下車窗，他告訴司機，這裡以前一排都是布莊和手工服飾，中山路、繼光街、中正路這樣一路連到第一市場，有點像現在各種太空、ＡＩ科技園區，要做衣服要改褲子要繡學號，所有跟穿的有關的事，大家都嘛是來這裡辦的——他話說得得意，因為那恰好也是西服業最風光的時候：以他當學徒的承包工廠為例，平均每天要接二、三十個訂單，一個月下來便是兩、三百套西裝，而那些西裝可都是一把把的鈔票啊。許多師傅下班後喜歡往附近遊藝場或酒家跑，進店時秀一下指上的頂針，小姐們就知道董仔來了。那幾乎是一種默契。即便是僅僅趕上好景尾巴的他，仍對當時西裝師傅的備受禮遇記憶猶新。

司機靜靜聽他講完一長串話，才開口提醒他目的地已經到了。

車門旋開，熱浪迎面撲來。他仍然好整以暇地扣上鈕扣，拉拉領帶，這才邁步往泡沫紅茶店疾走。

背向綠川與孩童笑鬧的聲音，他有些分不清楚那是音效，或者真有誰頂著炙陽、在親水廊道嬉戲。路上幾乎沒有行人，連兩旁刻意布置成舊時代氣氛的簸仔店、糕餅鋪、中藥行，賣著愛國彩券、烤香腸、汽水的大小攤販，都不見任何顧店的人。

整條路靜默如一場荒廢的園遊會。他突然有點感傷，因為他發現自己竟愈來愈難以在腦海中勾勒出這座城市真正的模樣。就連他所記得的，似乎都拼貼著廉價的老街意象，再無法復原至本來面目。

推開玻璃門，訪問人已經坐在裡面了。那是一個瘦瘦高高的女人，穿貼身碎花深藍色涼袍，兩側開短衩，掛著一副大圈耳墜。「王先生您好，」她站起身向他微微鞠了一躬，聲音低沉圓潤，「謝謝您願意接受這次訪問。」

「不會不會，是我要謝謝你們願意訪談我。」他連忙還禮，拉開椅子坐下，「是林小姐對吧？遲到了，真是不好意思。」他從側口袋裡拿出手帕揩了揩汗，抱歉地笑了笑。

「您太客氣了，時間其實還比預定早了五分鐘。」林小姐從背包裡取出平板、顯示器、一對耳機和一顆不知道什麼用途的乳白色圓球，「待會訪問將全程進行錄音錄影，」她說，「請您戴上耳機，顯示屏幕上會即時記錄我們的對話，有任何問題都可以直接反映。」

「這個對話到時候是全部公開嗎？」

「別擔心，它只是供我個人參考，」林小姐微笑，「倒是錄影的部分，我們屆時會在剪輯之後，以紀錄實境形式發布在我們媒體頁面，供所有讀者閱覽、體驗。這在當初與您洽談訪問時有提過，不知道您記不記得？」

「不好意思，我有點忘記了，」他驚奇地看見那顆「圓球」底部伸出支架，亮起紅光，從桌上緩緩升空，在他們四周移動。簡直就像哈利波特小說裡的「金探子」，他心想，但他忍住沒說出這過時的比喻。「但沒關係我都可以配合。」

「我只是很久沒有接受訪問了，有點不習慣這些，」他指了指平板、耳機和微型攝影機，「這些準備。」

「沒事，王先生您可以放輕鬆一點，就當作是和我聊天抬槓。」

「好。」他整整脖上的領帶，試圖讓自己放鬆一點。不曉得為什麼，林小姐叫他放鬆之後，他反而整個人緊繃了起來。「請問現在已經開始錄了嗎？」

「還沒，正式開始的時候我會跟您說。」林小姐見他有些緊張，遂建議他們可以先各自點杯飲料，順便聊聊他最近都在忙些什麼。

「噢，」他點了一杯古早味紅茶，順便叫了一份花生厚片，「也沒特別幹嘛，有訂單就做，沒訂單的時候就看看新聞、照顧貓，讓查理幫我上課。我最近很喜歡聽他講一些有的沒的理論，可以幫助談吐變得更有 sense 一點。」說完他自己荷荷笑了兩聲。

「查理就是兩年前引發許多關注的那位機器人吧？」林小姐精準地擷取重點，拿起手邊平板開始滑動，「『第一位穿上西裝的賽博格』？」

「對，對。那時候好多家媒體要來採訪他，我跟我太太嚇都嚇死了，乾脆把事情都推給我大兒子。」

「您大兒子回應媒體聯訪時，那句『隨著科技發展，我們也應該開始正視機器人的人權問題了，服裝只是一個起點』，可是引爆了整個社會科學界對人工智慧相關議題的辯論。」林小姐笑著說，「當時我就讀傳播所的指導教授，甚至要我趕快跟上潮流，擬個機器人的題目去投國際研討會。」

「哈哈，學術什麼的我是不清楚，只知道他們公司當年度股價一路往上飆漲，他瞬間成了賈伯斯、祖克柏那類的商業明星，到處去演講、和政商名流餐敘，忙得都沒空回家，倒是還記得向我訂製各型號機器人不同款式的西裝。」

「也算是魚幫水水幫魚嘛，」林小姐敷衍地作了結論，「等等有機會的話，一定也要請王先生您多聊一點自己對機器人的看法。」

好。他點點頭，啜了口飲料，突然感到有些懊悔。

坦白說，他不知道自己還能針對這個題目多聊什麼。「查理」是大兒子送給妻七十歲的生日禮物。大兒子告訴他們，這是他團隊研發出最新型的智慧型機器人，名字取自他高中好友的綽號，不僅外觀上更接近常人，也能進行更靈巧的手部動作。只要經過一定時間的自主學習，大兒子興奮地說，他甚至可以幫忙進行刷整外套、熨燙西裝褲等簡易的保養，而且這還不包括基本的家務跟照護功能——

他看看兒子，看看他身旁如同一尊完美的雕像，佇立不動的查理，再看看他身旁不知是滿意或者尷尬，笑著的妻；那時他想到的只是如何表現他很開心的樣子。他試著和查理說話，跳著迪斯可要他跟上自己的腳步，逗得大家哈哈大笑，說機器人根本還沒啟動呢。瞥見妻難得露出快樂的表情，他跳得更加賣力了，甚至伸出手來和查理邀舞，彷彿從未丟下那些年輕時代的律動。他當然不知道彼時病症已經悄悄在妻的體內植下了根，也並不知道妻會那樣寵愛查理，教導他餵貓、澆花、清掃房間以及如何適力按捏肩頸肌肉，種種她用以打發時間的日常雜務。更準確地說，如果不是妻，他或許便不會對那臺叫做查理的機器人，如此呵護與耐心了。

現在想起來，那應該算是某種超前部署，或者死亡在他日常緩慢抽芽的徵兆。機器人不過就是一種替代——他不曉得能不能這樣告訴林小姐，儘管那跟他一輩子在做的事情，一點關係也沒有。攝影機閃了下紅光，林小姐用指節輕輕敲扣桌面，提醒他訪談就要開始了。他這才回過神來，聽見林小姐說：「……待會請王先生先簡單介紹一下您的姓名、出生年份和家庭背景作為開場，再開始回答題綱上面的第一題。」

請問王先生您是什麼時候踏入手工西裝這一行的？當時為什麼會想做這個工作？

我叫王寶生，一九六六年生，家中排行老三，有兩個哥哥和一個妹妹。家裡是種田的，小時候常常跟著父親一起去巡田水，幫忙抓抓福壽螺，或在一旁的溝圳抓魚、摺紙船瞎耗時間。

我是十八歲的時候，被我媽媽送去舅舅認識朋友開的西裝店做學徒。那時候其實也沒什麼選擇，我不會唸書，好不容易讀到初中畢業，就跟著朋友四處去工地做工、補貼家用。有天我媽媽語重心長跟我說，你愛嘛好好仔讀冊、繼續升學，愛嘛去共別人學師學一个工夫，才袂一世人活到來猶是一日到晚種田，規年迵天艱苦。我想一想，讀書還要花錢，又不見得讀得好，乾脆還是學個技術比較實在。所以就聽從媽媽的安排，上臺北當學徒去了。

可以請您稍微敘述一下做學徒的生活嗎？譬如那時候怎麼度過一天啦、都學些什麼啦之類的。畢竟現在幾乎沒有什麼行業還在收學徒了。

當學徒其實有點像你們現在講的實習生，或者打工換宿，每天要處理數不完的雜事、幫上頭跑腿，卻只領一點微薄的薪水，偶爾才有機會學一點針線活。（停頓一下）好吧我不知道原來現在也沒什麼人在實習了，我只是從我兩個兒子的經驗去比對。總之我要說的是，學徒跟一般實習的差別，主要是在師徒關係上。當時我在一家小型的承包工廠工作，裡面有十個師傅，學徒連我在內有三個，我們對師傅是畢恭畢敬，上工前要先打掃工廠，為師傅們備好糨糊、熨斗等工具，然後買早餐、午餐給師傅吃；下午則要幫師傅跑腿，常常將布塊送去給人掃完布邊後，回來又是另一批布要送去車。整天就是這樣瞎忙，也不敢抱怨什麼。偶爾請師傅指點工法，他們也只是幾句話就打發過去，只能偷偷觀察師傅的手法，晚上休息時自己拿著針，在打版桌下的床鋪來回摸索。從做褲子、背心到西裝外套，每個學徒都是這樣循序漸進，熬過這三年四個月的學徒生涯。

聽起來做學徒真的很不容易。不過王先生您還是熬過來了，而且出師後短短八年之內就當上了店長。到底您是怎麼樣從學徒搖身一變成為管理者兼師傅的？

其實沒有什麼搖身一變。我跟妳說，這都是運氣問題。古早人講萬般皆是命，我覺得我自己只是剛好碰上這個機會，跟我的努力、手藝或其他什麼都無關。

做完學徒，加上補償學徒期間休假的四個月補師，我出師的時候是一九八七年——要知道，那時成衣業已經開始發達了：透過標準化製作程序及固定樣板，業者可以批量生產相同款式的西裝，同時壓低訂做需要的時間與勞動成本；客人也可以去百貨公司隨便挑隨便試，挑到差不多合身的就買，反正也就幾千塊錢。那我們這種要先量身、粗縫毛胚給顧客試穿調整的西裝店，怎麼跟人家比？所以「手工西服」就這麼誕生了。妳想想，早期大家西裝都是用做的，哪裡有在分手工不手工？就是被這些平價西裝打趴了，才會做出市場區隔嘛。

不好意思，扯遠了。我出師後回臺中，找的第一份工作就在老時光這邊——以前還是第一廣場——那是高師傅開的上好西裝。他們店原本也是有合作的工廠，請了大概七、八個師傅，我去的時候已經縮編到只剩四個。隨著訂單銳減，高師傅身體狀況愈來愈差，他慢慢有在考慮退休，把店轉讓給朋友，或者乾脆收掉不做。因為我算是高師傅的關門徒弟，跟他很投緣，他想想兩個兒女對這種傳統產業沒興趣，把店面讓出去又有點不甘心，好像畢生心血就這麼落空了。猶豫很久之後，他終於決定把店傳給我，我才這樣「搖身一變」成了上好西裝的店長。

記得您之前奪下金針金線獎金牌的得獎感言中，也有提到高師傅是你生命中的貴人，幫了你很多忙。

高師傅真的非常照顧我。當時我學成沒多久，許多細節不是那麼熟悉，功夫掌握得也不是很熟練，只會按照裁剪師打的樣板將布片縫合，跟那些能夠在布料上直接畫記、剪裁的老師傅根本沒得比。後來下定決心向他求教，他竟然也不藏私，願意在每天下班後，手把手帶我從基本功練起。要知道，就關係上而言，我只是一個員工，許多師傅都不一定會傾囊相授給學徒的，他卻通通都教了，包括怎麼從裡領的角度修飾領子的稜角、按照客人需求調整前後片縫合時的包肩量等等，還有最重要的——畫記與裁剪的技術。

其實，學會裁剪，就等同於掌握了我們這一行最重要的吃飯工具。因為不必再倚仗樣板，所以可以直接和顧客對話，在腦海中繪製出適切的版型，進而決定一套西裝穿起來是怎樣的形狀——說起來倒有點像現在的全自動客製化服裝設計。

總之，後來我才知道，高師傅其實一直有培養接班人的念頭，只可惜兒女沒意願，以前的徒弟又各自跑去創業了。遇到我年輕願意學，他便把他一身上海派功夫，所謂四功、九勢、十六字，一股腦兒教給我了。再結合我原本學的日式裁縫工法，就成了我接掌上好西裝的根柢。

如同王先生剛剛提到的，九零年代以後手工西裝因為成衣西裝的競爭，客戶流失不少，許多老字號西服店也相繼歇業，一直要到二〇一〇年後，手工西裝才又慢慢靠其精細的手工與客製化服務，站穩它在精品市場的位置。剛接任店長就碰上西裝業的寒冬，不曉得您是怎麼面對市場帶來的挑戰？

其實，一開始遇到最大的難題，倒不是什麼成衣西裝，而是客人對我的不信任。尤其高師傅的老客戶們，看到店長換了一個沒什麼資歷的年輕人，紛紛轉到其他店去請比較老牌的師傅做（西裝）；有些甚至繞過我、私下拜託高師傅幫忙。這真的嚴重打擊了我的信心⋯⋯

說著說著，他的心思慢慢飄回了遙遠的過去。彼時的他還是個未滿而立的小夥子，剛當上店長，大家攏講這是一个真緣投的西裝師傅哩，卻沒有誰真正信任他的手藝。老客戶們走的走，新上門的客人看到師傅是個少年仔都面有難色，隨意看看型錄便離開。至於年輕人呢，當然也不會特別來他們這種老西服店做西裝。

他剛升任店長的前兩個月，整間店總共只做出三套西裝，業績幾乎跌到谷底，連店裡餘下的最後幾個老師傅，都對他不很滿意，甚至有人當面將他裁完、打包好的布料扔在地上，說他不幹了……而在那風雨飄搖的時刻，是高師傅陪著他，一個個走訪那些老客戶，噓寒問暖，問西裝保養得如何，有沒有哪裡不滿意想修改，並不忘提醒「王師傅是我一手帶出來的，以後也請您多多蒞臨指教」，然後折彎他早已嚴重扭曲的背脊。

回到家裡，妻傾聽他的煩惱，修補他缺角的心。他在打版桌上琢磨自身手藝時，她在一旁安靜讀著自己的書以為陪伴。想起來，那時帶她上館子的次數簡直屈指可數。有次難得好業績，他帶她去當時火車站前那棟金沙大樓逛專櫃、買名牌，下午到頂樓的旋轉餐廳邊用餐邊看風景，沒想到吃到一半竟遇上火災，他們糊里糊塗逆著逃難的人潮往上走，受困樓頂天臺，等了半個多小時才盼到救難直升機。獲救之後兩人餘悸猶存，妻子苦笑著說看來他們是沒有享福的命。後來即使事業有所起色，店裡終於稍稍忙碌起來，妻和他一起或打理店面，或與配合的師傅協調工作時程，或幫他將假縫的外套拆線，仍然沒什麼時間偷閒享樂。

想著他們對自己的諸多幫助，他總是感到非常歉疚。因為最後，只有他真正走到了這一步，見證他們這一行可能的終局，並接受種種關於西裝的訪問（儘管更多可能是關於機器人）。而他所能做的僅僅是多說一點，再多說一點他們的事情，讓自己成為自己故事中的局外人，彷彿那樣便算是一種報答。

只是當他重新抬起頭，時間已經來到二〇四〇年——所以您如何看待這種轉變——顯示器上提示著時代背景，林小姐盯著他像在等待他的回覆。沒耗費太多力氣，他很快記起所有歷經過這個年代，或者稍稍熟識世界史的人都記得的：當屆美國總統大選的當選人，為了回應諸多第三世界國家領袖對西方文明長期在經濟與文化、乃至太空與ＡＩ時代資源壟斷的劇烈抗議，竟除下一身西裝，以一襲素面長袍出席就職典禮，象徵對自我權能的閹割（儘管後來被證實是替多功能智慧衣置入性行銷）。西裝的紳士形象遂瞬時成為了父權的某種具現。幾家大型的手工西服品牌見情勢不對，早早收了；許多像他這樣的自營店則硬是苦撐了幾年，終於還是心灰意冷，關了。

是的，他陸續收到一些慰問和關心，包括認識多年的老同行，將供在店裡的所有上等毛料以大布巾包好贈給他，說反正也用不到了，你就拿來作些促銷活動吧，雖然早就沒人在用缺少防護各種宇宙射線機能的織品了呵呵；也收到不少勸告，譬如他早已退休的公務員大哥告訴他，整塊地拿去給人代管說不定還賺得更多。

那是當然的，他心知肚明，當然口頭上還是應付著他們，閣做看覓啦，人毋是攏講，流行按怎行按怎變，歸尾嘛是有踅倒轉來的彼一日。大哥開玩笑說講起來那親像媽祖婆遶境呢，他回，對啦就是媽祖婆遶境。等待流行，或者某種趨勢再次重複自身，也許跟等待神蹟降臨真沒有太多不同。他平靜地說，這其實就是時代在演進，他當然多少會有些感慨，但不會因此覺得好或不好（他是不是也對誰說過一樣的話？）。就像手機從Nokia3310到**iPhone**，再變成現在智慧型手環的投影技術；又或者像以前野柳女王頭，脖頸被砂礫慢慢磨細、終至斷裂，倒下以後蜂巢狀的臉側躺在沙灘上，成了另一個景點。就是這樣，他聽見自己說話的聲音。有些事物慢慢從我們的生活中淡出，並以另一種面目復返。人們不再以西裝為重要場合普遍的正式服飾，不代表他們就停止分類了正式與不正式，或者不再穿衣服。

「說是這樣說沒錯，但上好西裝還是堅持下來了。」林小姐說：「如果像您說的，一切都是時間自然且不可逆的進程，那您為什麼還要繼續做西裝？」

「為什麼？」他愣愣重複了一次對方的提問，我沒有想過為什麼。

「我只是好奇，王先生您明明可以選擇退休的。畢竟您兩個兒子都有不錯的工作，家裡經濟狀況應該算是優渥，沒有太多非工作不可的生存壓力；考量健康因素，關店也能幫助您跟你太太長期過勞的身體獲得更多休息時間。」林小姐繼續說，「可是您僅僅是把店面從這裡移到住家附近，甚至還重新翻修了招牌與內裝，顯然您應該是出於某種情感或動力，才決定繼續做下去的吧？」

他驚訝地看著林小姐，沒預料到對方居然問得如此徹底，如此不留餘地。光線斜斜穿過玻璃，眼睛有一點澀，他晃晃吸管，看看攝影機與林小姐手上的平板，不確定自己應該說到什麼程度。或許對方渴望得到的僅僅是一個轉折，一個足以確立敘事起伏跌宕的軸心，譬若將古老手藝傳承下去的使命感，或者某種勞動的昇華，將西裝裁製視為生命的表述形式——給出這類的回應，會不會才是他，作為一個已然凋零的產業裡、剩下的人，所能完成的最好編排？

他垂下眼眉，陷入或許十多年前他早應該陷入的長考。那是某次難得二兒子一家三口回老家，餐桌上，二媳婦聊到她父母退休後參加電競班，買了全新的高階顯示器與虛擬實境裝置，每晚準時上線與學員們練習對戰，休息時且鍛鍊身體以維持運動強度。前陣子他們報名比賽甚至奪得了長青組亞軍，採訪報導上斗大標題寫「人生八十才開始」——二媳婦笑說，後來他們在家都自稱是電競新星，簡直要逼死我們這群走不出中年危機的兒女們。笑著笑著，突然二兒子冷不防丟出一句：爸你要不要也考慮退休？生活悠哉，多的時間還可以培養其他興趣。那問句聽起來像是在祈使什麼。他回答，反正閒著也是閒著，能做多久是多久吧。二兒子說媽媽不是身體不好嗎，你剛好也可以藉著退休帶她去環遊世界嘛，趁你們還走得動的時候。

他轉頭看妻，妻安靜地扒著飯，筷子撞擊瓷碗的聲音扎入他的耳朵。別擔心，我們會自己看著辦的。他說。但他其實沒想過怎麼辦。他做了大半輩子西裝，面對不同客人的身形、習慣與場合要求，無論各式各樣的版型與款式，硬挺或者細密的布料，從倒梯形、弓肩的義式到年輕人喜愛強調腰身的日、韓系，他皆能在腦海中迅速計算出領片大小、開襟高低、袖攏寬窄乃至各摺線與寬份的位置，彷彿體內存有精密儀器，可以將一套西裝分割、拆解成不同結構與單元，再拼合回作為整體的西裝。這是他的本事，也是他僅有的生活。他當然可以培養其他興趣，譬如園藝，或者鑽研他年輕時候熱愛的西洋熱門音樂；亦可以帶著妻子環遊世界，去從未去過的地方，見從未見過的事物，只要一切有其支撐，他以一針一線織就的日常肌理，仍然安好地儲放在某個位置，譬若依季節種類陳列在櫃的布料，那麼，或許便沒有什麼是他不能想像的。他仍然可以保有理解世界的尺寸簿，與朋友盤擱，和家人相處，一如他們記憶與稱謂裡，他的模樣。

那是一種他或許永遠沒有辦法正確向兒子、乃至於眼前的採訪人表述的恐懼：他的尊嚴，他的過去，他與世界的聯繫，乃至他的命運，被包容在他日日夜夜的重複裡。那無法被放下，被中止，或者重新啟動。於是他只好告訴他們：沒事的，就只是用來殺時間而已。你看，不是常常有新聞說，長期在外工作的丈夫，退休之後反而不知道如何跟家人共處嗎？與其一把年紀了，還要重新捉摸彼此的生活習慣，不如還是用最習慣的方式消耗時間來得簡單。

就是這樣。他摸了摸自己光滑的下巴說。我講完了。

不過當時應該已經沒什麼訂單了吧，這樣坐在店裡不會更無聊嗎？

那陣子還是有些辦婚喪喜慶的會來跟我們訂做啦，畢竟習俗這種東西變得比較慢——不過想想也奇怪，不知道是從什麼時候開始，在旁邊服務的那些穿西裝的禮儀專員，突然成為大家共認的傳統，又突然淪為過時的習慣——另外就是一些老顧客，定期會帶著以前做的西裝來修修改改。有時衣服其實也沒什麼問題，他們只是想過來泡茶抬槓，比一下不同款式的西裝，抱怨現在年輕人穿的涼袍、防護衣缺乏美感，跟以前長袍馬褂簡直沒什麼差別。

我覺得我的西裝店其實已經不只是做西裝的了，反而有點像這家泡沫紅茶店，悠哉悠哉，老朋友不知道要幹嘛的時候，就來晃晃轉轉，反正不用錢。況且現在還在幫人做西裝、改西裝的師傅，一定很老派，那群老朋友都這樣講，說我因此讓他們感到很安心，覺得這世界多少還是有留下一些不太跟得上時代的什麼，可以提醒他們過去發生的事。

如果資料沒錯的話，王先生您應該是在二〇四七年，為機器人查理量身製作了第一套西裝。不知道是出於什麼動機，讓您突然想這麼嘗試？

其實第一次幫查理做西裝，完全是我太太的主意。自從她二〇四五年因乳癌進行了乳房切除手術以來，幾乎都待在家裡，逗貓，看書，玩一些簡單的健身遊戲，並透過新型的飲食療程與荷爾蒙藥物控制病情。即使她自覺身體狀況不錯，央求著想到店裡看看，我和兒子們因為擔憂她過去累積的大小職業傷害與慢性病症，仍說服她放下工作的事，多享清福不要勉強。

然後突然有一天，她說好久沒見到我做西裝的樣子了，很想再看看我從量身到縫製，完成一套西裝的過程。我猜想她可能是悶得太久，多少有點不安，不知道自己還能做什麼，也不知道自己想做什麼，於是便陷溺在懷舊的情緒裡。為了讓她開心一點，我答應了她。只是手邊沒有新的訂單，兒子們又說用不上新西裝，做了也是白費，我太太提議那乾脆幫查理做一套好了，畢竟他整天在家照顧我，洗碗煮飯打掃，有時還得聽我抱怨一些有的沒的，做套西裝當作是獎賞也好。我心裡想，可是機器人又不會因為這樣感謝妳，或表現得比較好；但我嘴巴仍然回答，好吧那不然就來試試看。就這麼從工作檯上拿起布尺跟捲尺做了起來。

以您擔任西裝師傅的多年經驗來看，幫機器人做西裝，跟幫人做西裝，二者之間最大的不同是什麼？

差不多，還是得先量身，記錄肩寬、胸寬、前胸、後背、手長、身長與中腰，褲子則須丈量腰圍、臀部、腳長、褲檔，一點也馬虎不得。

雖然很多人，包括我，一開始都會想機器人不就是一種標準化、規格化的產品嗎？但其實以目前人形機器人的生產模式而言，講究的更多是客製化的製造，包括它的用途、長相、體型、性別特徵、記憶容量、型號乃至低階到高階材料的組配，都可以隨著顧客需求不同進行調整，換句話說，會影響機器人的整體外觀與關節活動能力。

舉例來說，像查理，他是第四型家務用機器人，為了提升他完成細微動作的精細度與靈巧度，在肩關節與手腕處，便加裝了更多轉動軸，以便進行三百六十度全方位旋轉；背部設立有微型感應器，所以會略略突起；腰部作為上下半身的拼裝處，也會比普通人略長。由於這些部位的組合，是牽一髮動全身，不是說我要增加後領寬就加幾公分，不必強調肩膀硬挺效果就直接省去墊肩，而必須將這些差異，納入西裝整體配置的考量中，包括如何在不影響機器人性能的同時，設計出適當的袖攏版型；胸圍和腰圍的寬份需要增加多少，後片是否應該加製散熱孔等等，這才可能將西裝前後兩片與袖子剪裁成型。

等到裁剪完、假縫接合成毛胚後，一樣、還是必須讓機器人進行試穿，我才能觀察他穿上西裝後的舉手投足與運動狀況，回頭進行劈門，調整內襯乃至布片間的縫接，以修正西裝整體的線條與立體感。這不是件容易的事。第一次為查理做西裝，我整整為他做了三次劈門，實在是因為機器人與一般人的活動方式，差異太大了。你想想，工業用、醫護用啊各類型的機器人，那個運動模式跟性能都差很多，所以你必須徹底投入在「訂做」的情境裡，必須結合過去的經驗與一點創造力，想像自己在幫各種不同的人做西裝，只是有的高低肩、有的長短手，有的天賦異稟。

我每做一套機器人西裝，都要花上比平常多一倍的時間，所以價格當然也比一般人穿的西裝貴。還好買得起這種人形機器人的，大多是有錢人。我在想，這可能是二者一個主要的差別吧。

這很有意思。您知道，對許多學者來說，替機器人做西裝這件事之所以值得討論，並非像您兒子說的機器人被「人化」；而是在於人把被社會主流淘汰的服飾，讓渡給了機器人，機器人卻反過來透過這樣的服飾，建構出了另一套「非人」的價值系統。換句話說，它其實重劃了人與機器人之間的界線。但我發現，在您的敘述裡，至少在做西裝的過程中，若不先想像他們是人，則根本不可能按部就班地完成一套西裝。

老實說，我並不是那麼在意這些討論，對我來說重要的始終是做出來的西裝好不好看，合不合身。自從查理穿著一套鐵灰色劍領雙扣西裝，在大眾媒體上曝光以後，我陸續接到一些訂單，有我大兒子公司訂製的，也有趕熱鬧的。面對各種型號的機器人，我有時會想，那邊挖空一塊，這邊多加一個暗袋做晶片插槽，如此修修改改，做出來的東西到底能不能算是西裝？偶爾也會懷疑，替這些機器人做西裝有什麼意義。

以前替人做西裝，我有傳統技法可以依循，有流行男裝樣式可以參考，那自然而然會形成一套審美標準：我能夠憑此去向客人建議，哪些布料可以同時符合預算與需求，您適合什麼樣式的西裝，可以如何搭配，挑選什麼顏色的領帶與皮鞋。

可是，對於查理，對於其他套上西裝的機器人，我不知道自己應該從什麼角度來想像它好或不好。

這很困難。除非等到機器人能夠自行判讀美感，否則我想，這個問題終究還是關於我們自己。這大概是我的一點看法。

不過對於西裝業來說，這波機器人熱或許是件好事？畢竟從統計數據來看，這兩年光臺中就新開了十幾間打著「機器人西裝」名號的西服店，其他包括設定行動腳本、常用語彙輸入等相關附加產業也是蓬勃發展。可以想見未來，如何藉由設定自己的機器人來展現自我風格，會是一個主要的消費趨勢。

這究竟是不是好事，我不知道，只是看著幾間西服店開幕，一些過去同業的師傅告訴我，說他們也想出來試試看，心裡多少是感動的，有種啊時間終究還是會繞回來的、那種錯覺。那可能就像物理學家說的，在因重力拉扯而嚴重翹曲的宇宙邊境，時間是以摺縫、彷彿西裝內襯的方式存在，我們所認知的過去與未來，因此可以被伸展、被扭彎、被任意拼組成不同版本的「歷史」，一如那些時不時回返至我們面前的復古風或前人智慧——這是小孫女上完她國中物理課之後，告訴我的。

而不知道為什麼，想像時尚、服裝這類人類的細瑣煩惱，也可能歸屬於浩瀚宇宙的規則，我的內心便會很平靜，彷彿自己正在做的，都已銘刻在自然裡。回頭去看幾十年來西服的種種變化軌跡，到今日這個產業走出的另一條路，會覺得自己好像也發現了什麼值得分享的公理或者命數，可以告訴別人、譬如妳，噢所謂師傅其實就是在做這些事情爾爾，日復一日——

說完，他的腦中突然亮起一幅巨大的星圖。他看見黑暗與光明，看見星球繞轉著星球。岩石與塵埃掠過他，冰冷與炙熱包圍他。也許今天這股熱潮僅僅是一段過渡，他彷彿站定在某個時空的奇點，如此告訴林小姐：當大眾開始認可服裝也是機器人應備的配件之一，那麼工廠很快便會製作出一套機器人版本的成衣西裝。它終究會趨向標準化、規格化，並汰除那些多餘的勞動成本，包括他敘述的種種丈量、剪裁、縫製與熨燙的技術。林小姐聳聳肩說嗯但我們誰也不知道未來會怎麼發展。尤其經濟這種東西，瞬息萬變，說不定哪天有人寫了篇文章，把西裝解釋成弱勢族群自我賦權的符碼，那麼西裝就又會再次穿回人的身上了。她一邊說，一邊關掉攝影機與顯示器。

彼時天光仍盛，樹輕輕搖晃著拉長的影子。林小姐提議到外面街道補拍幾張全身照，他說好，繫上鈕扣，整整袖口與領片，走入上個世紀的路景。人力車，紅磚道，高高低低的招牌，時代止在臺灣大道前，再過去又是另一番風景了。林小姐說，我們就停在這裡吧。

對了，按下快門前，林小姐突然想到什麼似地問他，替查理做完西裝後，太太開心嗎？他呆了一會，說當然很開心啊，我做什麼她都很滿意。後來這句話被錄進訪談的末尾。文字左側放上了他與妻年輕時候的合照，照片裡他們各自端坐在餐桌的兩端，微笑平視鏡頭。他盯著螢幕上的自己，聽著一旁的查理替他朗讀文章，感覺意識慢慢沉入回憶中的場景：先是穿著黑色細肩帶洋裝的年輕的妻，然後是著深棕色英式雙排扣西服的他。桌椅，擺飾，碗盤，天花板和地面。大量擬真的細節淹沒過他的感官。人聲在周遭窸窣，窗景在旋轉，他聽見妻說，從頂樓餐廳看出去的景色好美，雲連著城市，街道跟建築物都像模型一樣精緻。然後是他自己的聲音，說對啊，下次有機會我們再一起來這裡吃飯。

可惜這次就是最後一次了。他心念一動，突然不合時宜地想起了二〇〇五年的那場大火。高樓焚起濃煙，破碎玻璃墜下。霎時間時空震盪，音訊岔斷，畫面彷彿布片被劃出一道長長的裂口。

一切突然靜止。恍惚中，他聽見查理輕輕嘆了口氣。

「已經結束了。」查理如是說。

接技

升上高二的暑假，他像平常一樣準時在六點四十醒來，賴一會床、盥洗、吃完早餐。父母出門工作時，他站在門口向他們揮手，此時時針才走到七與八刻度的一半。他轉身走進空蕩的客廳，用最快的速度開機、登入SKYPE，撥出電話；同時在即時通上發出一堆大叫的嗆聲娃娃給名為「聯合軍」的群組。

「開打啦！」他在訊息欄上面這麼寫。過了兩分鐘、三分鐘，小王出現了，「這麼早。」然後是阿根與國盛學長，「等我一下我吃個早餐。」假期的第一天出席率還算不錯，他熟練地點開GGC，創好遊戲房間，告訴他們先簡單暖身一下，晚一點等再一個湊人數的戰友上線，再向前幾天打輸的那隊邀戰。

就這樣，一整日的遊戲開始了——說是遊戲，但在他們這群追求勝利的人眼中，其實也等同於練習。在魔獸爭霸的世界，玩樂與學習、權利與義務指的是同一件事，所以，你會因為玩得多而熟練，也會因為玩不好被責罵。

說起來倒有點像他自發補習過的那些才藝：從鋼琴、繪畫、珠心算，到圍棋、舞蹈、長笛，但凡他覺得有趣或者易受讚美的，他都曾專注「玩」過一段時間，直到遇上瓶頸。也多虧他的父親支持：因為自己學歷只有初中畢業，這一生真正熟練的技能就只是做黑手，在工廠裡沖壓、切割、鑽孔、銑削各式材料，所以他願意讓孩子多嘗試一點其他的什麼——只要不耽誤成績。這興許是出於補償心理，或者想得更複雜的話，也可能是一種報復。可惜他天生是三分鐘熱度，總是在剛剛掌握到一項事情的竅門時便覺得無趣——否則他早應該在各項比賽中展露光芒了——所以他並沒有因此特別專擅什麼。

當然，大家仍會不時稱讚他很聰明，很有才華，彷彿一切淺嚐即止的才藝表演，都是原石不同切面的碎光——而他也如是相信了，並為此感到膨脹的虛榮。只是這樣的讚美偶爾會帶給他一些困擾，那就是，他不確定自己能不能專情在單一的事物上；就連「人」，這個以他年齡來說要理解還有些過早的名詞，他都開始有些擔心，自己是不是太容易喜歡與不喜歡誰了。譬如國小約好一起結婚的青梅竹馬，搬家之後他連名字都給忘了；國中時性幻想的對象，隨著喉結突出陰毛繁盛，至高年級一口氣暴增為多人。十七歲的煩惱是如此艱困且充滿隱喻，以至於他經常會忘記自己還將有大把大把的時間，去鑿深那些煩惱。

幸好，「信長之野望」，一張以魔獸爭霸主程式內建的地圖編輯器做成的 DotA 遊戲地圖，重建了他對自己的信任。

遊戲機制本身很簡單：五打五的組隊對抗，誰先破壞掉對方主堡就贏了。內容則是以日本戰國時代為背景，將歷史中曾存在的人物，還魂為具有多種絕招的英雄，玩家必須從織田信長、德川家康、真田幸村這些人物模組中挑選出一個做為控制角色，然後，賺錢升等，買裝備提升角色能力，施展技能把阻礙的敵人通通殺光，以清出一條通往對方主堡的道路。

乍聽之下並不那麼有趣——他一開始也是這樣想。當時，與班上任何人都不熟的小王在電腦課上推坑他這款遊戲，他僅是皺著眉，抱持著日行一善的心態，敷衍著從隨身碟中把程式抓到電腦教室的公用電腦裡，說他可以玩看看。這一載就是半個多小時，直到下課前五分鐘他才點開遊戲，按鍵功能都還沒搞懂，上課鈴聲便已經響起。

明明就只是一個殺來殺去的遊戲，介面幹嘛搞得那麼複雜。他煩躁地想。但受不了小王一直盧他，他還是收下隨身碟，說好啦我回家玩玩看。當晚他回到家，吃完晚餐、沖了個舒服的熱水澡之後把自己關進房間，一邊安裝遊戲，一邊悠閒地褪下褲子，準備開始他每日的自慰儀式。豈料儀式才進行不到兩分鐘，即時通訊息便中斷了他的神遊。

「好了嗎？」從沒有密過他的小王傳來一個吵雜的嗆聲娃娃（那一瞬間，他真後悔自己沒有把即時通開機後啟動的設定關掉）。他關掉對話視窗，三十秒後小王來電，他又掛掉。如此來回四遍，他終於放棄，將畫面切回即時通。

好了。他說。這最好他媽的有那麼好玩。

第一場是單挑練習，他光是選擇角色就花了三分鐘。小王不耐煩地說你隨便選一個不就得了，他說可是這裡頭大部分的人名我都不認識。小王說沒關係，那個一點都不重要。重要的是丟技能，把對手幹掉、賺錢，買更多裝備好把對手幹死。小王一邊講，一邊砍瓜切菜那樣將他的角色一次又一次剁爛。每個英雄死掉之後都會回家「泡溫泉」。他看著自己不斷從溫泉起身，而後不斷躺倒。大概死到第十遍的時候，小王說，這樣你知道怎麼玩了嗎？

然後小王開始帶他與其他陌生的玩家對戰。前幾場，他被不認識的隊友在遊戲裡面飆罵垃圾廢物，有些甚至乾脆掛機、跳 game，留下他們兩個被敵人凌遲。「畢竟你沒玩過 DotA 嘛，」多少是擔心好不容易找到的玩伴對遊戲失去熱忱，小王連忙安慰他，「而且偶爾總是會有一些沒品的玩家，你習慣就好。」他說他知道，並附上了一個笑臉表示不在意，只是心裡卻隱隱燃起好勝的火苗。

那之後整整三個晚上，他沒有理會小王的邀約，獨自玩到《玫瑰瞳鈴眼》播完，他爸洗完澡睡覺，發出了火車駛過一般那樣巨大的鼾聲，都沒有休息。他主動查找網路上的心得，反覆練習同一隻角色，終於，在一次埋伏中，他照著腦中提前設定好的順序按下鍵盤；技能特效像煙火一般砰砰炸開在敵人身上，對方連一點反應的時間都沒有，便直直躺倒在他控制的人物腳下。

對了，就是這樣。擊殺的系統語音清楚浸進他的耳朵，一股電流從手指竄至他的頭頂與腳板。他忍不住在遊戲的訊息欄裡打了「嫩」，全頻發送，對手果然很快就回嗆了一堆垃圾話。但他根本不在意這些。他關掉遊戲，站起來伸了個大大的懶腰，感覺心滿意足。

那便是他愛上信長的瞬間。一瞬間他就知道了：原來人真心沉迷於某項事物的時候，是會把其他瑣事都拋在身後的，包括他小小的自慰儀式，以及對課業成績的野望。

很難說這是出於發洩或者享受競技快感，但總之他的愛是真真切切的。憑藉著自己在班上的人際影響力，他四處拉幫結派，糾集了許多同學一起加入了這個遊戲。連原本孤僻的小王，都因為他的緣故，加入了班上最主要的遊戲群組「聯合軍」。

每天深夜十二點以後，「聯合軍」祕密共赴戰場，每人分配好路線，時刻注意地圖信號支援友軍。為了更方便戰鬥間的溝通，他忍痛花了近千元買了品質不錯的耳麥，在關了燈的漆黑蛹殼裡，對著發光的螢幕小小聲地說話。哪一路有人正要入侵，迷霧覆蓋的野區中有什麼危險在等待。每重啟一局便重複自身一次的戰國時代，非常需要言語的支持與指引——除了小王。只有小王，不需要借助任何外在的引導。

多數時刻，小王只是安靜地遊戲，默默地宰割對手，鮮少發言或回應他們的幹話；就算說話，通常也是因為隊友失誤。小王會在通話裡直接爆炸，用他面對敵人那樣冷酷而不留情面的攻勢，挖苦、飆罵甚至逼隊友抱歉。

幹小王也太他媽的機歪了吧，阿根常常會私下用即時通傳訊息向他抱怨；就連修養較好的國盛學長，都不止一次向他或婉轉或隱晦地表示，大家只是來玩遊戲而已，沒必要罵得這麼難聽吧。

可即使小王是如此難以溝通，大家卻仍然不得不承認，作為遊戲帳號的 wang921012，確實是表現最好的那一位：無論是洗兵、跑線支援、拆塔或者擾亂敵方，只要隊伍裡有 wang921012 在，你總是可以期待勝利，甚或是一些奇蹟的逆轉。一個人的優點有時可以用來遮掩其他缺點，他想，如果不是因為信長，小王大概不會和他們有任何對話的機會，更遑論被視為「戰友」了。

對戰重點：當英雄與英雄對戰，兩者相互施展技能攻擊對方，此時玩家如何控制英雄以閃躲招式、在系統判定命中前按出魔法抗擋，或在對手反應之前，將所有招式施放於敵對英雄身上，常常是勝負的關鍵。最後那個手法他們通常稱為「接技」，接得愈快，對手能夠反應的時間就愈短。像是漫畫裡武士砍過一刀，走了幾步後敵人才想起自己被砍那樣噴血大叫——會接的人，只要先制量住對手，就可以保證獲取一個擊殺數了。因為技能之間沒有任何空隙，也沒有任何出口。被嵌進這條指令鍊的人唯死而已。

據小王說，他曾用練習地圖測定自己接技的速度，放完四個招式連同四個道具，換句話說是八個按鍵，一共只要1.4秒。

1.4秒。不是簡單把按鍵滾過一圈，而是在按下招式之後，計算動畫時間，在動作將要結束的剎那接續下一個按鍵，像皮連著肉，影子牽著影子。

順帶一提，他個人的最好紀錄是1.8秒，六個按鍵。那是在他耗費了無數日夜練習之後才終於抵達的速度。處在那樣的速度玩遊戲，畫面細碎得彷彿可以清楚看見像素與格線，其他人的打鬥都像慢動作播放一般。

不是他在自誇，他有把握單挑贏小王以外的任何一個人。事實上，當小王沒玩的時候，他確實也是他們那群人裡面實力最好的。只是，每當他打開遊戲，螢幕的藍光穿過他的瞳孔，他就會忍不住想到那零點幾秒的差距。明明跨過去就是另一個星系了，但他無論如何就是沒有辦法衝破那條銀河。

這很奇怪，他從來沒想過自己也會有這麼一天。以前他總是聽朋友以欽羨的語氣對他說，真希望自己能像他一樣，不必花很多時間就可以考第一名；現在他徹徹底底地投入了，卻怎麼樣都無法想像自己如同小王，熟練遊戲中九十六個角色共九十六種技能組合，如同默背九九乘法那樣簡單。

他其實嘗試挑戰過——或許是他人生第一次主動站在挑戰的位置——那是在他接觸信長的半年後，他自認為掌握了一些遊戲的訣竅，知道如何對線、洗兵並支援他路，也逐漸能夠預測敵人動向、判斷拆塔時機；在信長的世界裡多少能算是一名好手了。

於是他想，是時候測試自己的實力究竟到什麼程度了。他主動向小王提議，要到GGC連線平臺裡特設的「高端區」挑戰。那是一個專為高手設置以提高競技水準的頻道，他們好不容易才登入進去。為了拔得頭籌，第一場遊戲他決定拿出自己最擅長的角色應戰，小王則是輸入指令-v，讓系統替他隨機選擇了一個英雄。

想不到遊戲開始沒多久，他便被敵隊英雄單殺。應該是太緊張了，他如此安慰自己。但優劣勢繼續越擴越大，走入遊戲中不可見的迷霧區域：被敵人埋伏。在路線上保守地吃兵：被敵人從後方陰影偷襲。至其他路線支援隊友：反被敵人包夾一起陣亡。他手足無措，茫顧戰場竟不知道自己應該何去何從。

幸好有小王在——看他單槍匹馬闖進敵陣之中，取敵將人頭如探囊取物；下一刻他被三個敵方英雄包夾，卻仍死裡逃生，甚至反過來將敵將誘入友方陣營之中，漂亮地連同隊友夾殺敵人。靠著小王少許少許拾回優勢，最終他們完成了幾近不可能的逆轉，就連對手都忍不住在遊戲中稱讚小王，甚至邀請小王加入他們的戰隊。

看著那些由衷的讚美，再看看戰果結算畫面上，自己慘不忍睹的成績，他怎麼樣也無法再欺瞞自己，這是可能憑藉著努力抑或練習，便足以彌補的實力差距了。這讓他有點失落，某種程度上可能也鬆了一口氣。

他還沒向任何人承認過這件事，包括小王。或許是因為他仍然很享受在「聯合軍」裡擔任總指揮，也或許是他心底隱約覺得，成為小王之外最會玩信長的人，也沒什麼好羞恥的，甚至還有點令人驕傲。

他需要的只是重新設定目標，並調整自己對信長的情感；他還是可以繼續練習，繼續沉迷信長——只不過是以第二名的身分。

那之後，每當他打得很爛或者成績不錯，他都會把遊戲的錄像拷貝下來作為一種提醒。那些影片非常適合在背單字與化學公式的時候，用以複習自己還有什麼地方可以改進，但缺點是容易誘發失眠。偶爾在躺上床後，他的腦內仍然忍不住反覆推演戰局的變化，它會不斷重播失誤的片段，也會虛構自己避開敵人埋伏與攻勢的畫面。

這其實有點不健康。他發現他沒辦法阻止腦中思想的裝置自主開起清須會議，並為可能發生的川中島合戰布陣；而這大概也是他少數會痛恨自己竟迷上信長的時刻。

有時他真希望自己對遊戲的熱度盡快過去，就像以往他放棄鋼琴，忘卻對圍棋或者舞蹈的熱情那樣。只是在那之前，他沒有任何躲避的辦法。他只能正面迎向自己無盡的衝動，並在每個失眠的夜晚，乾脆地下床，走進書房，打開螢幕。

奇妙的是，每次他登入 GGC 時，總會發現 wang921012 仍在線上。不是在遊戲中，而是單純地掛在 GGC 上，彷彿正在等待誰的邀請。

你還沒睡喔？OKCHARLIE0721 向 wang921012 傳送訊息。wang921012 很快回覆了，還沒。你要來打一場嗎？

但我不能說話了。沒關係，wang921012 輸入訊息，你聽我講就好。然後他便這麼戴上耳機，安靜地玩了幾局遊戲。直到窗外天光亮起。

後來他會在大家都下線之後，把剛剛的遊戲錄像傳給小王，讓小王替他一一指點每個表現或好或壞的 play。

你打得太急了。小王說。你應該要多注意地圖上的變化。父親早已上樓休息，他一個人在黑暗的書房，戴著耳機，直直地盯著發亮的螢幕。小王的聲音彷彿從遙遠的星空傳來。

他說好，我知道了。我們再打一場。

※

悶熱而無所事事的暑假，待在自己的房間一整天，與日光行進偏折皆沒有任何關係地，吃飯睡覺打信長，這項活動讓許多人都染上了一點難以言明的憂鬱。大他們兩屆的學長何國盛提議，要不要大家揪團一起去網咖包檯。

國盛學長常去的那間網咖離車站南面的大學不遠，學長說，這邊鍵盤跟滑鼠的手感是附近最好的。但後來他知道學長其實只是為了偷瞄雅欣。從大學正門沿著細長的綠川往前走，經過早餐店、汽車裝配廠與排列整齊的民宅，在溪水將要轉入箱涵的盡頭，便會看見隱身在茂盛植株之間的網咖店。

店外面掛著小小的招牌，上頭寫著「火速救援」四字，他猜想應該是廣告裡頭網速非常快的意思，雖然他不太明白為什麼要擺放那麼多盆栽在外邊。雅欣告訴他，那是為了讓客人在休息的空檔可以看看綠色植物、放鬆眼睛才擺的。不過從店裡看出去，其實頂多只能瞥見部分的枝葉。

他從來沒看過有人抬起頭來眺望那些植物。可能是因為電腦讀取的速度太快了，大家根本沒有時間把注意力從螢幕上移開。他對此感到非常惋惜。後來他乾脆都坐在左側最底面窗的座位。那裡視野好，也比較沒有人聲和菸味的干擾。去的次數多了以後，雅欣甚至直接幫他們把那區的位子包了下來，說是熟客限定——老實說，貼心的雅欣是他之所以持續光顧的原因，但他還沒有勇氣告白，只能與其他人一同傻笑收下她的特別服務。

記得他第一次見到雅欣，她穿著寬鬆的古著花襯衫，掛著明顯的黑眼圈，對著按下桌上服務鈴的國盛學長沒好氣地問，「這次要包多少小時？」他還以為這女孩脾氣很差。學長熱情地向女孩介紹這是我的學弟，回過頭對著他們說這是雅欣，是他社團認識的W校學姊，現在是大一新鮮人……雅欣只是雙手撐在桌上，百無聊賴地打量著他們。

「給你們裡面的位置吧，冷氣比較涼。」雅欣打了個呵欠，「先幫你們包三個小時？」

「好啊，那就先三個小時。」

「喝什麼飲料？」雅欣問。

「可樂。」話音一落，阿根便急忙跑去開機了，其他戰友也陸續點完飲料。剩下他站在櫃檯前，看著雅欣熟練地分裝飲料。

「你要什麼可以直接講。」

「不好意思，請問一定要點飲料嗎？」

「對，低消用的。」雅欣終於抬起頭來看他，眼睛裡似乎有一絲好笑，「你沒來過網咖嗎？」

「嗯，我是第一次來。」他的臉瞬間脹得通紅。

「那以後歡迎常來啊。」雅欣似笑非笑地說，「我們這邊很便宜，設備也很新喔。」

他回到自己的座位上。小王已經幫他把程式開好了，他只需要登入，像往常一樣與其他人討論如何分配路線、選完今天預計練習的角色，就可以開始遊戲。但不知道為什麼，他有些心不在焉。旁邊阿根提醒了他兩次，他才發現自己忘記選擇英雄。從他的視線看出去，螢幕上招式的特效模糊得像是一張張畫質低落的點陣圖檔。他拿了首殺，勢如破竹攻破對方中路外圍兵營後，英勇在三人圍擊下戰死。旁邊戰友們興奮地帶著髒字亂叫，他卻只是看著角色死亡後的黑白畫面獨自發呆。

雅欣端著五人的飲料走過來。只有他轉過頭，提前向她說了聲謝謝。她沒回話，彎下腰，安靜將他的玻璃杯與杯墊擺好，「你的紅茶。」然後他瞥見鬆垮的衣裳內，雅欣美麗的乳房。那一刻他的腦袋轟然靜止，彷彿剛剛加入遊戲的新手，無法反應過來自己究竟身在何處。

耳邊聽見小王催促，喂你復活了，趕快動啊。他才回過神來。雅欣已經端著塑膠盤走遠了。他默默轉回螢幕。大家一邊敲著鍵盤，一邊咬牙切齒地咒罵螢幕上的敵人。他索然無味地移動游標，亂放技能，喝飲料，彷彿這局遊戲已經結束那般。

「噢對了，忘記跟你們說，」在結算畫面時，學長像是突然想起什麼一樣，說：「雅欣也很會打信長喔。」

就因為這句話，他原本分神的思緒倏忽又接回了信長——或者說，是信長錯誤地連上了雅欣的影像。選擇角色，發動戰法，失誤或者一次漂亮的擊殺，遊戲的過程中，他開始忍不住想像雅欣是否同樣著迷於這些畫面，是否理解他剛剛的操作中，其實蘊藏有如何巧妙的技術；彷彿雅欣在他的瞳孔裡面裝上了一架錄影的機器，於是他一切遊戲，都成為某種形式的回放。

他每天坐在熟客限定的位子上，等待雅欣什麼時候終於從他身後看見他精湛的現場演出。但她總是遞完飲料就走，沒有多說什麼。畢竟，幾乎所有人的螢幕上都顯示著差不多的畫面。他只是眾多玩家的其中之一。而她是看不見另一個星系的人。

一晃眼假期就到了尾聲。直射的陽光從北回歸線慢慢南移，夜晚重新拉長自身。在開學前的最後幾天，他一如往常來到「火速救援」。由於是平日早上，店裡沒什麼客人，只有幾個掛著黑眼圈的大學生，行屍走肉般敲擊著滑鼠與鍵盤。

櫃檯沒人，他正準備按下服務鈴，雅欣突然從後方走至他的面前，說今天比較早來喔。對啊。他嚇了一跳，旋即不好意思地笑了起來。雅欣回到櫃檯，右手撐著桌面，似乎在等待他說話的樣子。

「老位子，先五個小時好了。」他說。

她點點頭，熟練地操作著滑鼠。

他張望四周，很快意識到這是一個機會。深吸一口氣之後，他裝作不經意地開口：「對了，我聽說妳也很會打信長？」

「嗯，還可以啦。」她聳了聳肩。「你要喝什麼飲料？」

「紅茶、紅茶好了。」雅欣轉過身去後面的小廚房舀冰塊。他站在原地，頓了一會才又鼓起勇氣開口，「那妳平常都玩什麼角色啊？」

「什麼都玩啊，想玩誰就玩誰。」雅欣拿著攪拌棒攪弄玻璃杯中的飲料，熱褲包覆的屁股輕輕搖晃，「不過通常是接技型的角色居多。」

「我也是耶，還是接技秒人比較爽，對吧？」她把飲料推到他的面前，挑了挑眉，沒有回話。他拿起杯子，猶豫了一下之後說，「——那下次要不要一起玩？」

他緊張地等待著，感覺手掌微微沁汗。

「好啊。」出乎意料，她回得很自然：「正好我朋友組了一個戰隊要找人練習，等你朋友來，晚點我們湊兩隊來ＰＫ。」

「好。」他點點頭，腦袋像當機一樣，只是一直重複著同樣的話，扭頭便往座位走去。

「喂，」雅欣叫住了他，他手上拿著的飲料不小心潑濺出來。「約下午兩點喔。」

打開電腦，他心智的運算能力總算重新活絡起來。畢竟這場練習賽的勝敗關乎他的初戀。他立刻傳了訊息給小王和學長，確保實力比較強的兩人能夠出席；還有一個位置，他找了阿根來湊數，至少他能夠溝通，且願意聽從小王跟他的指示行動。

他焦急地抖著腳，幾乎每五分鐘便傳一次訊息，十分鐘撥一通電話催促。終於，半小時後阿根出現了，開玩笑說這個陣仗他以為是誰要烙人來打架哩。然後是小王，一坐下便劈頭問他對方的來歷。他囁嚅著說他也不清楚，但如果是戰隊的話，實力應該不錯吧。小王哼了一聲，沉默地開啟遊戲，獨自與ＡＩ對戰練習手感。

姍姍來遲的國盛學長，則在與雅欣簡單聊過幾句後，笑笑對他們說：「大家開心玩就好，不要給人家太多壓力。」這讓他的心情莫名有些浮躁，忍不住回嘴學長你打好一點大家就不會有壓力了。小王接腔說對，你們最好都給我認真一點。

終於，下午兩點，雅欣簡單和眾人打了聲招呼後，坐到了他對面的位置。這是他們第一次與一個真正的「戰隊」對戰，換句話說，是經過一定時間練習戰術、培養默契的隊伍；所以每個人都有些緊張，拿出了自己擅長的角色。

小王的實力仍然突出，在一對一的狀況下有效壓制了對手，並且成功攻破對方中路的外側兵營。但對方很快地透過包夾、轉線、分進等方式，將他們前期累積的優勢蠶食鯨吞，並在擊殺數劣勢的情況下攻破了他們的本陣。

敗北，然後再次敗北。接下來的數場都是類似的狀況：小王與他雖然都比各自對線的敵人要強，但就是沒辦法拿下遊戲的勝利。看著結算畫面，小王恨恨地敲了鍵盤一下。他痴痴地聽著雅欣透過通訊軟體，和她的朋友有說有笑，心裡滿是後悔。如果那時候他選擇撤退，如果他果斷一點追擊對手，或許比賽仍有翻盤的餘地吧。他坐在椅子上反覆檢視著自己的比賽紀錄，沉默地等待最後一點時間過去。

突然，小王站起身來，對雅欣說：「妳剛剛說什麼？」

「什麼？」雅欣摘下耳機，困惑地問。

他和學長都嚇了一跳，以為小王因為遊戲的事情發了脾氣。正待勸阻，小王又說：「妳剛剛是不是提到什麼比賽？」

他們停下動作，轉頭看向雅欣。

「對啊，就是這屆信長的官網盃。」雅欣見他們一臉困惑，也有點傻住了，「你們該不會不知道官網盃吧？」

他們三人面面相覷。抱歉還真的沒聽過信長有什麼比賽。

「下週一截止，預計九月第一個週末開打。」雅欣點開報名頁面，將螢幕秀給他們，「你們要不要乾脆試看看？」

他們看了看螢幕，又看了看彼此。誰都沒有應答，但眼神中隱約都有股熱情在蠢動。

「好啊。」然後他話忽然就從喉頭溜了出去：「那我們直接組一隊參賽怎麼樣？」

話一出口，他發覺自己好像提出了一個非常嚴重的邀請。他堂皇地看向其他三人，阿根和學長看上去似乎躍躍欲試，小王則是一臉鐵青，雙手橫胸，好像隨時都要爆炸。

他將視線轉回雅欣身上，正急忙要說他其實是開玩笑的時候，雅欣已經回答：可以啊，反正我暑假閒著也是閒著。

那就請你們多多指教囉。雅欣俏皮地向他們揮了揮手，然後走下樓去。她的身影才剛剛消失在樓梯口，小王立刻用力地抓住了他的手，說你是認真的嗎？找一個玩得這麼爛的人組隊。

反正我已經決定了。他也莫名有股氣衝上腦門，遂昂起下巴，狠狠地把小王的手甩開。你不爽可以自己找其他人報名。

「反正就是打好玩的，」阿根連忙緩場，「不要太有壓力，當作是體驗賽就好嘛。」

「說是這樣說，但也不能打得太爛吧。」小王盯著阿根，冷淡地說，「你以為你自己玩得很好嗎？」

阿根尷尬地笑了兩聲，與國盛學長對望一眼。沉默了十幾秒後，學長說，那不然我們今天先回家，明天再看看有沒有要報名？

沒問題，報名的事情就交給我處理。他連忙說。待兩人走遠後，他終於忍不住對小王動怒：你以為你很了不起嗎？小王不明就裡地看著他，說我只是就事論事而已；他說對你就繼續講看到時候沒人願意跟你組隊你怎麼參加比賽。他愈講愈氣，遂乾脆把剛剛失敗的情緒一股腦發洩到小王身上：你知道如果不是我，根本沒有人想跟你玩信長嗎？你知道信長不是一個人的遊戲嗎？再怎麼強你了不起就是一打三，你就是這樣整天只打自己的不跟隊友溝通才會被對面圍毆打爆……講著講著他突然有些害怕，剛剛他好不容易才邀請雅欣跟他們一起組隊報名比賽，要是小王突然翻臉，一切就徹底完蛋了——畢竟，隊伍唯一的指望就是小王——雖然嘴上說是打好玩的，但如果成績太難看，之後他大概也不再有什麼機會或臉皮，邀請雅欣一起遊戲了。

想法正翻騰之間，他忽然聽見小王開口，說：「好吧，你說得對。」

他驚訝地看著小王，後者咬著嘴唇，曲起手指，試圖理性地分析自己。

「第一，如果不是你，我確實沒有辦法找到其他人組隊。」

「第二，想贏的話，應該要更注重整體戰局變化，」小王咬著大拇指指甲，似乎非常努力、試著以理性而冷靜的態度反省：「要多跟隊友溝通，而不能只是各打各的。」

我想說的就是這個意思，他連忙說。小王點點頭，接著嚴肅地分析起對方戰術中值得學習的部分。他一邊講，手一邊在空中勾畫著敵我陣營在空間中的相對位置。

窗外射進的夕陽，將他們的影子釘在沒開機的螢幕上。外頭喇叭聲此起彼落。遠處公車卸出一些人再載走一些人。他看著小王背光而幾近虔敬的面孔，差點以為他們是某部少年漫畫的主角，討論的是類似進軍甲子園之類的事情。

※

當晚他以填寫報名資訊為理由，加了雅欣的即時通。確認她基本資料的時候，雅欣傳訊息自嘲說，唉我都已經快二十了，根本跟不上你們這群高中生的反應速度。他趕緊回說不會啦差兩歲根本沒差多少——就這樣，他們聊了起來，從遊戲聊到日本戰國時代，再到自己最喜歡哪個戰國的歷史人物。

他選了真田幸村，雅欣選了織田信長。他問她為什麼喜歡信長，她回答，因為他是真正意義上創造戰國、改變日本的那個人啊。然後可能是因為講到了本能寺之變吧，雅欣突然提起三年前，火車站旁金沙大樓那場火災。她說，當時她在六樓補習班上課，突然聽見有人大喊「發生火災了！」的聲音，然後整間教室停電，班上同學一邊哭叫一邊倉皇往樓梯口逃去，只有她呆呆坐在原處，直到老師抓起她的手往樓下狂奔。

那時樓梯滿滿都是逃難的人，她說，黑暗之中大家都在尖叫、互相推擠踩踏，「而我腦中首先想到的居然是本能寺。」雅欣輸入訊息中：「我忍不住想，當年織田信長站在火場之中，看著敵人從四面八方湧入，梁柱紛紛著火崩落，會不會就是這種感覺。」

很奇怪吧，居然在火災現場想這些有的沒的。雅欣說。後面還加了一個尷尬的表情。

說真的還滿怪的，他想。記得事件發生時，他正在家裡看卡通，突然聽見消防車尖銳的笛聲。好奇走出門口一看，才發現不遠處那棟被他戲稱為「燈塔」的高樓頂端，居然冒出了陣陣濃煙。他急忙轉臺，新聞畫面中清晰可見：逃難者一波波從大樓中湧出，他們用外套或包包護住頭部，閃躲不時砸落的碎玻璃；好不容易跑至安全的區塊，鏡頭拉近，生還者們仍是一臉驚恐，唇齒發抖，彷彿剛剛從一場噩夢中醒來。

那無論如何，都不是什麼能夠聯想或比擬的體驗吧。不知道為何，他突然非常好奇，在大火燃燒、濃煙密布的高樓底下，想起遙遠本能寺（甚至是因為遊戲才知道的地方）的雅欣，她的表情究竟會是什麼樣子；尤其，當她事後得知這場火災造成的死傷時，她是否會為自己不合時宜的聯想感到有些歉疚？但這樣問又未免有點太冒犯了。他非常謹慎地在腦袋中選擇字詞，校正語調，模擬了幾次之後才終於傳出訊息。

「不會很奇怪啊，遊戲玩久了本來就會一直想。」訊息送出，他非常滿意自己的反應。他預期雅欣會反過來問他「真的嗎」或者「那你都想些什麼」之類的，然後他就可以接著她的話頭講他的那些腦內小劇場。

但雅欣只是回傳了一個簡單的笑臉。他坐在電腦前面等了十幾分鐘，都沒有更多訊息。直到即時通視窗跳出，小王連傳了好幾隻嗆聲娃娃，要他趕快上線練習，他這才魂不守舍地回到他們真正的戰場上。

接下來的一週是緊鑼密鼓的練習。為了強化操作技術與彼此的默契，並研擬比賽用的角色配置，他們幾乎把所有時間都泡在「火速救援」裡。小王像外科醫生對待手術，或者廚師料理滿漢全席那樣嚴格地指揮他們的一舉一動，凡是沒照著指示行動的、不小心出錯的都會被他「溫柔」提醒。

怎麼說呢，某次練習後阿根悄悄私訊他，說他覺得小王變得比較好溝通了——為了贏得遊戲，小王真的在慢慢改變自己的說話習慣。但不知道為什麼，聽聞小王的進步他並沒有太多喜悅。他的心思已經不在比賽，也不在信長了：接技，拆塔，戰術，那些關於遊戲的事情都已經退到很遠很遠的地方。

就像方糖融化在熱茶裡，或者被摩擦力慢慢阻停的木塊，他對信長的耽溺，正慢慢被壓縮、侵占、吸納、傳移，甚至分解；他感覺得到，一整個波瀾壯闊的戰國時代正在離開。而今他腦內裝置的記憶體，都讓渡給了雅欣。坦白說，如果雅欣表現出對其他事情更有興趣的樣子，他會願意立刻拋下信長，投入到那件事情裡頭去。

只是對小王有點歉疚。因為他知道，對阿根、國盛學長、雅欣跟他而言，信長，或者說所有的電玩遊戲，終究只是一個象徵，一種方法，一段過程；但小王不一樣。小王的一切都在「信長之野望」裡。如果沒有這個遊戲，小王便什麼也沒有了——戰友、成就感、與班上的聯繫、甚至是自我認同的錨點——如同漫畫棋靈王裡追求「神乎其技」的魂魄，小王也是，唯有在一場又一場的勝負之中，才能肯證自身的價值與存在。

現在他唯一能做的，就只是盡可能地克制自己對雅欣的想念，將心神集中在練習。至少，他希望小王能夠從比賽中得到他想要的。儘管他不知道那是什麼。

比賽當天，他們早早便來到網咖準備。就連老闆都特別為他們停止營業一天，只怕耽誤到他們連線的網速。由於已經開學，他得瞞著父母，向補習班請假才能撥出時間；其他人或多或少也皆捨棄了一些什麼，或編織出一些謊言，才勻出了一個徹底空閒的假日。

參賽的隊伍非常多，他們從二百五十六強開始打起。賽制採單淘汰，他們登入主辦方指定的房間，屏氣凝神，等待遊戲開始。

然後，在狂風暴雨般的激戰之後，遊戲結束。他們贏得了第一場勝利，卻沒有任何實感。他揉揉痠痛的後頸，甩甩雙臂，看看手錶，不過才過了半小時。

緊接著又是下一場比賽。他們根本沒有多餘時間慶祝或者思考其他事情，只能盡可能敏銳所有神經與感官，協調手眼、精簡話語，將注意力放在十幾寸的畫面上。

或許最不去想遊戲是什麼的時候，才最沉浸在遊戲裡。擊破本陣的時候，他和阿根同時振臂怒吼，彷佛剛剛贏得了他們的桶狹間；平時不怎麼與朋友互動的小王，也跟著學長又叫又跳。雅欣開心地與每個人擊掌，並說要請大家喝汽水慶祝。

「大家加油，我們下下禮拜也要繼續贏下去。」小王舉杯發表勝利感言。想不到小王也有主動激勵他人的時候。他一口乾掉一罐可樂，感覺氣泡咕嚕嚕從胃湧上喉頭。

六十四強，下午第一場比賽，仍然是單淘汰。大家一樣提早到了網咖，只是臉上多了一些倦容。大學已經開學了，雅欣練習的時間理所當然地少了許多，連他都因為補習和大小考試，不得不放棄其中幾個晚上的團練。只有小王仍理所當然地每晚參與遊戲，並針對每個隊員進行個別指導與訓練。

「我們會贏的。」小王簡潔地為大家作好心理武裝。

比賽準時開始。他們一開場便火力全開，摧枯拉朽般擊敗了六十四強的對手。遊戲結束時連二十分鐘都不到。眾人簡單地擊掌慶祝了一下。阿根吁了一口氣說，現在我們可以休息一下，等待下輪比賽的對手了。

他離開座位到一旁伸展身體。其他人要不是聽音樂，就是逛網頁放鬆心情。過了十幾分鐘，也可能更久，該輪比賽的結果出爐，三十二強比賽的對手是上屆官網盃的季軍。主辦方提醒他們，從三十二強開始，賽制將改成三戰兩勝。換句話說，雙方都有更多時間去習慣對方的戰術與操作。

他們登入房間，趁遊戲開始前再一次確認好彼此角色與路線的分配。國盛學長做了一趟深呼吸。就連對比賽最不上心的雅欣，看上去都非常緊張，不停地折著手指。

如果待會贏了，他便要鼓起勇氣邀請她明天一起去看電影。他看著雅欣的側臉，在心裡這麼暗暗給自己設下一個門檻。

結果開局就被敵人打了一個措手不及。對手選了一個快攻的陣容，三路分推，每當他們集合要支援某一路線時，敵方便趁機強攻其他兩路，「滾雪球」般擴大優勢。雖然中間靠著小王幾次偷襲與單抓，取回了一些陣地，但因為其他人經濟差距過大，後來還是吞下了他們的第一場敗仗。

「沒事。」小王用力拍手鼓勵眾人，「我們下一場拿回來。」

但對手畢竟是上屆賽事的季軍，在天王山之戰的第二場，竟然選擇了徹底相反的陣容，也就是愈後期愈強勢的角色；他們想加速遊戲節奏，卻反被敵人拖住，結果不僅沒能壓制對手，反而給了敵隊英雄喘息成長的空間。

就這樣，他們只能眼睜睜地看著敵人攻城掠地，將己方的陣營一個個爆破。遊戲結束的前一刻，小王推開鍵盤，搖了搖頭。

進入結算畫面時，大家都安靜下來。耳邊只有電腦風扇與空調運轉的聲音。站在後面目睹整個經過的老闆主動開口，說打進三十二強很厲害了啦，值得慶祝。說完他從冰箱取來幾瓶可樂，將瓶蓋一一撬開。氣泡順著玻璃瓶身流至桌面。雅欣站起來接過飲料，笑著說她真的沒想過他們可以打進三十二強。喝了一口之後又說，還好今天結束了，下週她就可以放心去參加系上宿營。

聽見這句話後學長似乎也打起精神，說對之後週末他也不用特別搭公車來網咖了，可以多把心力放在學測的複習；阿根接腔說幹對耶我想起來這學期開始我也是社團幹部了，要準備迎新招攬學弟。

總之，謝謝大家，我們打得超棒的。他清了清喉嚨，高舉可樂大喊。

除了小王，所有人都笑了，非常真誠地，沒有任何一絲遺憾地笑，包括他。只是笑完大家又重新陷入沉默。眾人你看看我，我看看你，然後不約而同地將目光投向小王。他看著小王關掉電腦，關掉螢幕，背上背包準備離開，腦中不知有什麼東西終於燒斷。他忍不住罵了聲幹，站到小王面前、狠狠抓住他的肩膀，說輸就輸大家也都盡力了你他媽開心一點是會怎樣——他一邊講一邊搖晃著小王。所有人都傻住了，只有雅欣機敏地跑過去制止。他瞪著小王，小王平靜地看著他，眼眶彷彿有些濕潤。

「我知道你們很努力了。」小王說。

他放開手，突然覺得這整件事都非常令人難堪。也不顧其他人勸阻，他拎上背包便走。走出店門之前，他聽見小王用極其鄭重的語調說：「謝謝你們。」

你們表現得比我預期的還要好。小王說。老實說，我也沒想過我可以跟你們打進三十二強。

他不可置信地回頭。小王直直盯著他，怕他沒聽見一樣，又再說了一次：一切真的已經比我想得還好了。他甩下背包，衝上去直直一拳便往小王人中打去——

那之後，小王就再也沒跟他們玩過信長了，據說是加入了那屆官網盃的亞軍隊伍，開始積極備戰臺港澳的聯合盃賽。倒是「聯合軍」仍一起玩了一陣子，直到升學考試終於淹沒過一切。

期間他試過約雅欣單獨去看電影，她拒絕了；於是他們兩人最親密的對話就停在那個火災與本能寺之變的小插曲。但他仍然去了電影院，獨自看完當時很紅的《海角七號》。出場時他覺得整個人都空空的，好像少了點什麼應該要有的情緒一樣，所有事物都閃耀著無聊的光輝。

他懷疑那是某種後遺症。如同他刪除遊戲與之前存下的所有錄像，許多東西都跟著信長一起消失了，包括熬夜的習慣，以及他對雅欣的迷戀。

然後升上高三，他跟當時許多為了表示決心的同學一樣，剃了個大光頭，專心準備考試。有一次他在廁所撞見轉到別班的小王，小王瞥了他一眼，他裝作沒看到一樣，安靜地對著小便斗灑尿。等他走到洗手臺，小王從後面叫住他，說喂你最近還好嗎。

他猶豫了一會，轉過頭和小王打了聲招呼，說還好。

「你知道最近GGC出了一款新的DotA遊戲嗎？」小王若無其事地走至他身旁，打開水龍頭。水流嘩嘩流瀉，有些甚至潑濺到了他的臉。

「不知道。」

「叫英雄聯盟，滿紅的。很多信長的老玩家跳槽過去。」小王慢條斯理地抹著洗手乳，仔仔細細地將掌心、手背、手指間的縫隙與指甲內側都搓洗過一遍。

「嗯。」

「等考試結束之後，你可以玩看看。」小王再次轉開水龍頭，沖洗掉的泡沫慢慢捲進排水孔，「我覺得還不錯。」

「好。」他點頭，深吸一口氣。

「再等你一起來玩。」小王的聲音落在腦後，他頭也不回地走回教室。

「我的帳號一樣是——」

卻一直要到二〇一二，他大學畢業那年，TPA贏得了英雄聯盟世界冠軍，他才重新想起小王的邀請。後來人們都說那是臺灣的「電競元年」：是在TPA之後，電競才終於成為一項產業，和一個可能的夢想。但對他來說，那不過是一場遲到的夢。真正的起點必定是在更早之前。對此他深信不疑。

俊鳥人

說起我的朋友阿俊，大部分人的第一印象是，一個溫厚且天生喜感的人。雖然他說話並不怎麼幽默，也不屬於團體裡負責起鬨或開啟話題的那一群，但玩笑中總是少不了他，嬉鬧時總得有他的身影，或者更準確地說，是他的聲音，一切才會各就其位地開演。

他的話尾總是拖著細細長長的鼻音，像飛機尾巴拖著一條長長的機雲，嗯捏吼嘿呀——之類的。每次上課，大家最期待的就是看他回覆老師提問，他們會替他舉手，說這題阿俊會，這個阿俊最懂，然後阿俊會一臉困惑，說我不知道呀——全班便笑成一團。事實上，這個遊戲並無關乎阿俊的知識或者意願。重要的僅僅是如何讓他開口。一旦他應了聲，笑點便會自動溢滿，如同大雨灌瀑後的旱溪邊岸，水和著泥沙，將草木一株一株輾倒。不倒的只有我，還有小如。我們大概是少數不覺得阿俊好笑的人，所以成為了他的朋友。

我讀大學以後才慢慢改掉我的臺中腔。回想起自己的成長經驗，他告訴我，語氣中多少有點如釋重負。但其實不是，至少在我們這群臺中朋友裡，沒有一個會這樣講話。我從國小五年級開始便一路和他同班到高中，所以多少辨認得出他的獨特。他自己或許沒有察覺，但在我認識的人裡面，他擁有最多、最五花八門的外號，譬如大象、陳雷、俊董等等，其中一個最廣為人知的，是鳥人。

鳥人俊，俊鳥人。最初是我先這樣喚他，再來小如加入，最後大家也都這樣跟著喊。他曾經向我嚴正表達過他的不滿，不止一次，我、小如和他三個人喝得爛醉，他突然搖搖晃晃站起身來，惡狠狠地指著我的鼻頭說：「你跟那群從小欺負我的人根本沒什麼不同。」然後再搖搖晃晃地坐倒，沒事一樣繼續和我們拚酒。

一開始我感到非常委屈，尚會試圖向他辯解，直到我發現他其實根本不在意我怎麼想。他會淡淡地說，我知道，我也理解，然後食指中指併攏、槍指著他的太陽穴，「只是腦袋裡我管不到的地方不這麼覺得。」那是一個還沒有那麼多人探討霸凌，也沒有多少人能夠指認出，什麼樣程度的傷害算是霸凌的年代。但阿俊的身體自有一套辨別系統。我常常想，這會不會是他特別容易胃痛的原因。

不過話說回來，鳥人真的是一個很貼切的外號。大學時期的某次聚會，阿俊終於鬆口承認，如果我或小如的家裡是做職業賽鴿的，他可能也會這樣叫我們。意思是，我和他之間其實還是有不少共通處。為了象徵某種形式上的和解，後來我們乾脆在每個人的名字前，都加上一個鳥人，你是鳥人，他也是鳥人，大家都鳥的狀態下，阿俊顯得特別開心，嚷嚷著要教我們怎麼插注粉鳥。

「不然下次去你家的時候你教我們怎麼買，」小如說，「我現在好需要錢。」

「好呀，」阿俊開心地說，「有機會朋友就是要一起賺。」或許他一直渴望與我們分享他擁有的什麼，譬如他參加的社團，買的新車，剛認識的大學友人，只是我們始終僅能聽得進自己想要的，從未把他的邀請當作一回事。

但我猜，那次阿俊是真的把話放在心上了。因為算一算，阿俊在中部鴿友圈裡掀起一股旋風，恰好是在大學畢業前後：參賽頭兩年便分別獲得冬季北海五關綜合九位、春季南海七關綜合十二位的佳績，且各關歸返羽數都名列前茅，儼然成了大里的少年強豪。照阿俊父親的說法，這是天分加從小栽培，「注定要做職業欉的」。換句話說，他可以靠賽鴿吃飯，而且吃得很好。當時我剛剛考上研究所，小如好不容易拿到某間公司的offer，我們看著從前的鳥人俊一飛沖天，都開玩笑說之後活不下去有得靠了。

阿俊訓養的56號鴿奪得伯馬那天，他爸在庭埕擺了好幾桌。請來跳脫衣舞的還沒站到臺上，他的臉已經喝得紅通通的。後來他乾脆拿著一瓶紅酒，向在場所有賓客一一介紹，這是我囝，夭壽勇，恁爸玩粉鳥一世人沒中過伯馬，他飼兩、三年就有了；一旁跟著陪綴的阿俊笑笑說無啦無啦，攏是阿爸願意栽培，願意支持我換個鴿系掛看看……不知道為什麼，從我坐的位子看過去，他們互相應和的樣子像極了我想像中某一天，當我完成父母的期待，考上公務人員高普考，他們辦桌放炮宴請親友、在眾人面前介紹我的可能情景，因此突然使我有些難過。

我不知道如何排解我的難過，只好悄悄溜出聚會，站在轉角的路燈下抽菸。沒想到小如跟著走了出來，向我討了根菸。我們安靜地哈完菸，她突然開口，說阿俊看起來滿開心的。

對啊，我說，他看起來真的很開心。

也許他很適合做這行。

小如擅自從我的菸盒裡又抽起一根，我替她點起火，她深深吸了一口，悠緩地吐出一條雲。

嗯，滿好的，可以找到自己適合做的事情。

不知道那時小如是不是也想到了自己。我來不及問她，因為阿俊已經找到了我們。他呼著濃濃酒氣，搭上我們的肩說欸——是怎樣聚會很無聊喔居然還偷跑出來，大力拍了拍臂膀後，又說好歹也揪一下咩。他的臉也變得紅通通的。我問阿俊這樣跑出來沒關係嗎，他說沒關係他們早就自己喝嗨了。

我們就這樣在外面吹了好一陣子的風。或許說了些什麼，也或許沒說。我只記得月光映在他家前面的庭埕，樹影輕輕搖晃，身後明亮的廳堂不時爆出髒話與笑聲，卻沒有印象那天是怎麼結束的。後來我一直忍不住想，會不會在那些不被記住的情景中，有些什麼正暗暗發生，所以等我們再次看見的時候，它才成為了像是命運之類的東西。

阿俊的人生曾歷經兩次劫難不死。一次發生在國中，他騎著腳踏車上學，被闖紅燈的貨車直直撞上，在空中迴旋了好幾圈才落地，全身輕重擦挫傷多處，共縫了十幾針。另一次則是大四，他在金沙大樓頂的旋轉餐廳打工，突然聽見吧檯大喊失火，他跟著眾人往安全梯口逃難，卻被濃煙逼往天臺。穿過火光與煙霧，他看著底下行人、警車、消防車如模型般袖珍，幾乎以為自己就要葬身火場。幸好救難直升機很快到來，他勉強在不穩定的氣流中抓住繩鉤，只留下了輕微的吸入性嗆傷和好一陣子的高樓恐懼症。據他本人宣稱，晃盪在城市上空的那段奇幻經驗，讓他對死亡與飛翔的想像，從此有了天翻地覆的變化。

「鴿子真的是非常、非常勇敢的動物呀。」阿俊如是感嘆。

如此大難不死的他，卻在我將滿三十一歲的那年秋天，某個雨待落未落的濕熱午後，和他的父親說要出去買飲料。他穿著汗衫短褲夾腳拖，戴上安全帽未扣，騎著豪邁一二五到火車站附近的泡沫紅茶店閒坐發呆。喝完一杯紅茶，離開，沿著綠川晃盪一會，感覺身體自內而外燒成一塊燙紅的鐵，於是又買了一杯飲料。

不知道是不是因為飲料灌得太猛，加上水分難以排散，他轉進某間壁面被火燒得焦黑的商業大樓，禮貌地向管理員詢問可否借個廁所，然後，便逕自走上樓梯，一層兩層三層，抵達頂樓，用一種堅定且堪稱美麗的姿勢，一躍而下——算一算進去的時間應該還不到十五分鐘吧，管理員說，所以他也不覺得可疑，直到那聲轟然巨響中斷了他的手遊為止。

據說死亡現場濺散一地腦漿，黏膩的血、內臟還有體液（應該也包含膀胱裡飽脹的尿）且噴灑至對側的人行道。要不是他錢包裡記得放上駕照和健保卡，警察幾乎無法辨識那四肢斷裂、肋骨穿胸透背、面孔碎爛成一團泥的肉塊是誰。

那幾天我閉上眼睛都能看見新聞畫面上，來不及被馬賽克處理的諸部位。奇怪的是，等到真正看見它們拼組完整的樣子後，我反而認不太出阿俊。不知道為什麼，看著他躺在棺柩裡，面容白皙平靜，身覆水被，彷彿才剛剛入睡的模樣，我突然有點羨慕。可能是因為我已經很長一段時間沒能好好入眠了。我感到頭很痛，身體很疲倦，卻仍然忍不住想像他，站在樓牆邊緣，甚至意識迫近柏油路面的剎那，會看見或者回想起什麼；那一切記憶，掠過視界的跑馬燈，會不會就像一場醒不來的夢境。

但現實是我腦中只有一片不成形的雜訊。我巍巍站起身來，感覺白的黃的黑的、一團一團色塊炸進我的腦門。莊嚴的佛號聲迴盪在廳堂，阿俊的母親走近至我和小如的身旁，對著棺木裡僵直的大體溫柔地說，阿俊啊，這是志生，這是小如，你最好的兩個朋友來看你了。接著轉過身便關切起我們的近況，小如在臺北工作都還好嗎，有沒有朋友可以照應？啊志生考試準備得怎麼樣了，今年有信心嗎？

還不錯，還過得去，我們兩人口徑一致地回應。大概我們都以為沒有什麼不好，就是好的意思。阿俊的母親點點頭，似乎想再問些什麼，但終於還是沒有開口。我和小如也不知道對話該怎麼繼續下去，只好垂手站在布簾前，像受罰的孩子。直到阿俊的父親從裡面房間走出，喚了我們一聲。

「最近過得還好嗎？」阿俊的父親用乾啞的嗓音問。不等我們回答，他接著說，你們一定要好好保重身體。不要太拚，偶爾讓自己休息一下也沒關係。他一邊走，一邊搖了搖手上提的竹編鴿籠。過程中我們的視線從未迎向彼此，但我仍能隱約從他的肢體動作中，感覺到他在等待我。

於是我跟著他安靜穿過靈堂，穿過外頭或摺花或滑著手機的親友。站在花圈前，阿俊的父親瞇眼看著右方被陽光擦亮的鐵皮屋頂，說已經快五點了怎麼還是這麼熱。然後他慢條斯理地從口袋裡掏摸出一柄鑰匙，打開門鎖，拉開鐵網門走了進去。我繼續默默地跟在他的身後，鞋子踩過地網發出喀喀的聲響。右手邊太陽櫥內的棲架與地板上，幾隻鴿子警戒地盯著我，左側巢箱內翅膀撲動。阿俊的父親一邊吹著不成調的口哨，一邊將高處的調節門拉開，取出一隻鴿子。

是了，這就是阿俊準備送給我的那隻鴿子。胸背光亮潔白，翅翼至尾羽漸層塗上一圈圈黑色斑點，展開來像畫布上深色的雪；頸部灰色帶紋間雜蓬亂的金屬綠與赤銅棕，精小的頭顱是淺淺的灰，殷紅的鴿眼靈動來回，似乎有些不安，但仍然安靜地蜷在阿俊父親的掌中。

「這隻是去年鴿會春季賽季軍鴿的直子，母鴿掛的是詹森系，幾個月前朋友從拍賣會上標來的，我好不容易才跟他借到。」阿俊的父親將手指放在鳥喙前逗弄，「血統很好，是我們這次飛南海的主將。為了求個吉利，還特別挑了77號腳環給牠套上。」

他把鴿子的腳拉出，果然已經套上腳環。

「老實說，我真的不知道為什麼他跳下去之前，還特別傳了訊息給你，說要送你一隻鴿子，送的甚至是這隻投注了我們全部心血的鴿子。」他宛若沒聽見我的話，繼續自顧自地說：「他明明知道我們這次準備了多少錢要插下去。他到底想做什麼？」

「何況你沒有養鴿的經驗或器具，把77號給你到底有什麼意義？這完全沒有任何意義。」

完全沒有。他又喃喃了一句。

其實我內心同樣充滿了困惑。阿俊傳訊息給我的時候，我正在補習班上課，看著差不多的題目與答案在黑板上擦掉而後覆寫。我點開訊息，他寫今天好熱。下一句是我正在火車站附近欸。

是喔，來幹嘛？我乾脆將手機從抽屜取出，放在題本中間敲打。

買飲料順便散散步啊。今天補到幾點，要不要一起吃晚餐？

一樣啊補到九點。已經統一訂好晚餐便當了。

然後是好長一段時間的已讀不回。正當我決定要好好重新投入至課堂時，手機震動，隔壁同學瞪了我一眼。

對了，你還記得去年春季賽我那羽叫「大里一鴿」的季軍鴿嗎？你說名字俗擱有力的那隻。阿俊正在輸入中。

牠最近配出一隻體格看起來不錯的鴿子，我想把牠送給你。你有空的時候記得來我家取鴿。

幹嘛突然送我比賽的鴿子？你是賺太多要退休了喔？我在句尾加上問號表情。

又等了一會，沒有回覆。我決定把手機設成靜音，塞到背包，然後像全職考生應該表現的那樣，將整個人埋在無止盡的問答。

那是我們對話的最後一句。沒多久，阿俊便從大樓頂、像是要將整個人直直插入地面那樣，奮壯地騰躍而下。我坐在教室裡，聽見外邊警車、救護車的笛聲由遠而近，覺得有些心神不寧，遂戴上耳機播起音樂。要一直到我騎車回家，吃完滷味洗完澡，好整以暇地點開手機，才看見小如幾十通的未接來電。我撥給她，她說阿俊死了。

他留下的就僅僅是一段話，和一隻剛出生沒多久的幼鴿。

我不知道，阿俊究竟是早就計畫好了一切，抑或只是突然心血來潮，想體驗從高處墜落的快感？這是有可能的，我可以理解，因為我也曾經被那樣的落差誘惑過。只是我應該把那段訊息看得多重要呢？我的意思是，我應該把它當作求救還是囑託，才足以設想他的死亡是確確實實、無可避免的？

作為阿俊生前最後說話的對象，我能理解的線索實在太少了。就我對阿俊的認識，他應該和親人通話，與小如分享心事，而不是——像出國旅遊或者久債跑路那樣，把東西寄放在我這裡。

但我沒有其他能做的。當阿俊的父親將那隻在鴿會的參賽名冊中登錄為77號的鴿子放進鴿籠、遞予我，我終於還是像獲得什麼寶物一樣，接過了牠。

怕我不知道怎麼照顧鴿子，阿俊的父親說，他已經先替牠接種好巴拉米戈和鴿痘的疫苗了。「鴿子不太生病，定時餵食跟清潔環境，偶爾補充一下電解質或營養品，牠自己就會長得很好。」他一邊說，一邊將飼料拿給我，「白天的時候多給牠曬曬太陽，有空的話也可以放飛讓牠運動一下。」

好。我把鴿籠和飼料抱在懷中，突然不知道該說什麼。

「照理說應該等牠出櫝之後幾天再給你，」阿俊的父親說，「但怕牠對這裡產生依賴性，把這裡認成家，那你之後就比較難教乖了。」

「不過你又沒有要比賽，好像也不用特別訓認吼。」說完他自己輕輕地笑了出來。

謝謝叔叔，我會好好照顧牠的。我說。

他憂傷地看著我，緩緩地搖了搖頭。

將一隻具有優良血統，完美體態的鴿子，關在一只小小的鴿籠內，算不算是某種程度的虐待？每天晨晚，我走上以鐵皮加蓋，用來儲放雜物的閣樓，替77號添換水與飼料時，總是禁不住這樣想。那種感覺，大概就像把馬奎斯關在補習班寫考題，或者強迫杜斯妥也夫斯基在成功嶺學習刺槍術。我覺得自己好像辜負了牠。

不過話說回來，賽鴿應該怎麼樣也算不上是「善待」。碩一那年，我曾邀請小如和阿俊去紀錄片影展，看一部談賽鴿的紀錄片，裡面提到，臺灣的海上競翔賽制是出了名的嚴苛，不僅只開放四到六個月大的幼鴿參加，從外海放飛，每趟動輒兩、三百公里、飛行距離層層遞進的資格賽與正關，更在在挑戰著鴿子身體的極限。由於鴿子本非擅於長時間飛行的鳥類，面對缺乏定位線索的大海，判斷歸巢方向相當困難，加上天候、風向乃至鴿子行為的不可掌控，各關歸返的鴿子常常不到參賽數量的十分之一。

雖然片後阿俊告訴我們，這些嚴格的條件與設定，皆只是為了保證比賽的公平性，簡單地講，就是讓勝負難以預測，以提升鴿友們插注的意願（不然都是同一群人在贏還有什麼好賭的，他直白地講）。不過，當我和小如看見幾萬隻鴿子從貨輪裝載的鴿籠裡被放出，在空中盤旋、繞圈，尋找歸巢方向，其中一部分的鴿子慢慢耗盡體力，像雨點一般，紛紛墜落在浪沫之中，翅膀撲撲在海上絕望地拍打，心中仍然說不出地震驚。就好像我們從小便一起參與了這整個競賽活動，卻直到現在才親眼目睹它賭注的是什麼一樣，事後小如這樣告訴我。從這個角度來看，我想，成為一隻選手鴿或者寵物鴿，差不多就是榮耀與生存，早死與苟活之間的選擇。

只是77號自己會怎麼想呢？當陽光穿過窗孔，雨水匯聚從屋簷流下，牠會寧願多看看這個世界，即使一切可能只是訓練或者競賽的一環嗎？不知道為什麼，我最近總是思考著這些永遠得不到回應的問題。那些問句塞滿了我的額葉與夢境，甚至干擾了我的讀書進程。我將這件事告訴小如。她說這很正常，畢竟前兩天阿俊的告別式才剛剛結束，「不要太為難自己了。」她說。其實這一切全然不是她想的那樣，但我忍住沒有回應。因為我想，或許每個人都需要一個想像的對象，來幫助自己與自己對話。

我的父母同樣對我展現了高度的耐心與包容。我提著鴿籠回家那天，原本以為他們終於會忍不住大聲斥責我，「讀書都讀不好還養什麼鳥啊」之類的，沒想到他們一如往常地體貼，在得知那是阿俊留下的鴿子後，只是拍拍我的肩，燉了一鍋菜脯雞說是要給我補身子養氣神。餐桌上，父親甚至突然問我，下兩週要不要留在家休息。偶爾在家複習也很好嘛，母親跟著附和。多虧阿俊，我獲得了整整兩個禮拜的假期。

即使如此，我依然沒有忘記我的本分。作為全職考生，這已經是我的第四年了。眼見身邊朋友一個個從助理榮升主管，博士生自國外歸返，第一個孩子出生，我還是讀著一樣的科目，擬答著自己親歷過的考古題。父母始終支持著我的決定，安慰我沒考過沒關係明年再繼續努力就好，但他們的寬容反倒使我更加自責，並感覺一種徹底的屈辱。我想我所能做的便只是規律我的作息與讀書期程，讓他們稍稍容易說服自己，一切將會是值得的。

只是，在阿俊告別式前後那陣子，我總會突然有股莫名的衝動，想毀棄一切規律與進度，去隨便一個地方，什麼事也不幹，而只是空耗時間那樣待著。我總是覺得房間很擁擠，牆壁離我太近，每次起身都像要撞到什麼。

盯著被擱在置物架上的鴿籠，我懷疑77號和我有著一樣的念頭。或許我應該帶牠出門晃晃，熟悉我們家附近的地理，並試著讓牠飛行，體驗某種程度的、自由的感覺。聽說鴿子的歸巢性，至今仍然是生物學上的神祕謎題，有些人說鴿子是透過太陽光的偏振來判別方向，也有些人說鴿子能夠感應地磁並依此定位；無論如何，這些說法都只是在在證明了鴿子的身體裡，內建著某種記憶、判讀座標資訊的處理系統，使牠們在陌生的環境不致迷失，而能找到返家的路。阿俊說過，他的父親之所以會開始養鴿，便是被鴿如此這般對家巢的執著所觸動。那或多或少給了我一些靈感。我開始好奇，77號是不是已經認得了我們居住的地方。

於是某天，我終於踏出家門，跨上我家的老舊機車，沿著旱溪一路往北騎去。踏墊載著鴿籠，籠裡77號興奮且不安地躁動著，簡直就像準備遠足的小學生。遠邊雲層緩緩聚攏，風夾帶著沙粒吹拂過溪邊的灌叢，我慢慢地騎，想像著77號將如何在身體摹畫出一張地圖。

稀稀落落地，天空飄起了雨。我將車停在橋頭，淺短的溪流和嶙峋的碎石延伸向兩旁，像一條恰好的航道。有些緊張地，我將鴿籠打開，手撈至77號的背後，用阿俊父親教過的手法，虎口扣住牠的翅膀和尾羽，同時食指與中指將其雙腳向後夾緊，掌心托住其腹部，緩緩將牠抓出鴿籠。

77號歪著頭，眼睛溜溜地旋。我握緊牠，感覺牠的身體溫熱且沉甸甸地貼住我的掌紋。

你想飛飛看嗎？我低聲問牠。牠輕輕啄弄著我擺在面前的手指。我可以先回家等你。我又說。牠只是轉了轉頭，彷彿孵著蛋那樣安靜蹲坐著。

我們安靜對看了大約半分鐘的時間，直到雨漸漸大了起來。我遲疑了一會，才輕輕將牠放回鴿籠，感覺自己像個白癡。我從機車後墊取出雨衣披上，並將籠子謹慎地塞在雨衣下襬。引擎發動，調轉車頭，我沿著剛剛騎來的路，用這臺機車所能容忍的最快速度飆返。

雨珠猛烈地敲打面罩，水順著脖頸滲入衣服，腿間的塑料攢聚了一池水窪，停車時放下任一腳，便嘩啦啦沖濕整條褲管。

記憶中，上次遇見像這樣盛大的雨，應已是五年前的颱風。

彼時，颱風成形前的一個月，我剛從臺北搬回臺中，在家等候兵單通知，成天要不宅在房間打電動，就是啃著自大學時代遺留下的書債，好像擔心研究所學得的一點知識，將隨服役過程逐步瓦解那樣，被莫以名狀的焦慮推動著，卻不知道保存那些知識有什麼意義。

「你這樣很不健康捏，」聽見我回臺中後立刻上門泡茶的阿俊，開玩笑說：「來啦我帶你去運動，不然到時候怎麼被操死的都不知道。」隔天阿俊開始帶我慢跑、游泳、爬山、騎鐵馬，我半推半就地跟著做做樣子，幾乎沒有一次撐完全程，他卻全按部就班地完成了，而且似乎怎麼也不會累，總是看上去很快樂的樣子。我問他什麼時候體能變這麼猛了，他淡淡地說，只要沒有朋友或其他事好做，誰都可以把身體練得不錯。

然後收到兵單通知的那天晚上，我們吃完作為餞別的熱炒，他突然神祕兮兮地說要帶我去一個好玩的地方。我狐疑地盯著他，他似乎被我盯得有點尷尬，說反正聽他的就對了。於是我跟著他走進一棟外觀毫不起眼的商辦大樓，搭上搖搖晃晃的電梯，門打開，一個年紀約莫四、五十歲，濃妝豔抹的媽媽桑過來迎接我們，和阿俊有說有笑地聊了好一陣子。阿俊朝我擠了擠眼，像在確保我的意願。

接著我們被領入一間小包廂，濃濃的菸味和昏暗的光線，和一些擺在桌上的助興用道具，跟一般的KTV幾乎沒什麼兩樣，我心裡想。身材窈窕的女孩手提一箱箱啤酒陸續到來，阿俊附在我耳邊說：「雖然你應該也猜到了，但你一定想不到我叫了那麼多個吧。」

「真的有這個必要嗎，」我低聲向阿俊抗議，「又不是去外島還是關禁閉，會不會搞得太誇張了？」

「你就當作有一半也是陪我爽，不行嗎？」他拍拍我的肩，一轉身螢幕已經點滿排行榜熱門歌曲，他拿起麥克風旋即和旁邊幾個女孩熱唱起來。鈴鼓晃鋃鋃響，其餘的女孩挨擠上來，問我名字，年齡，喜歡唱什麼歌，平常是做什麼的。我尷尬地對她們笑了笑，接過冰涼的啤酒便是一陣狂灌。對啊我到底在做什麼呢，觥籌交錯間，我不停想著這個問題。即使後來我當完兵，找到工作、復辭掉工作，回家準備公職考試，我仍三不五時會冒出這樣的疑問，就好像那些喝下的酒精從未被代謝乾淨，一直在我體內深處的某個地方跳著舞，發著燒，使我慢慢喪失找到答案的能力。

一路狂歡到清晨快六點的時候，我突然被什麼聲響驚醒。睜開眼睛，阿俊正好從廁所走出，頭髮蓬亂，臉頰浮腫，雙眼滿布血絲。「剛剛本來要叫車送你回去的，」他說，「沒想到颱風來得這麼猛。」

什麼颱風？我茫然問。

他拖著我走出包廂。小小的等候區塞滿了人，他們或坐或站，神色看起來十分疲憊。媽媽桑大聲地和誰通著電話，走廊旁邊原本遮住光線的黑色布簾被拉開，望出去，世界宛若披上一層細密的紗幕，什麼都顯得模糊。我努力撐著疼痛欲裂的腦袋往下看，路面隱約泛著波光，停在路邊的汽機車輪胎已經有一半泡在水裡，乍看倒像是他們自己不小心衝進河中一樣。

所以我們被困在這裡了嗎？我問。

阿俊點點頭，一瞬間他的臉看上去非常憂愁，而且衰老。我們回去包廂等吧，他說。

我們再次癱倒在沙發上。誰都沒有說話，但也沒有誰能夠睡著。我傳了封訊息給家人，說我人在外面，一切平安。突然乾淨的吉他撥弦聲在我耳後響起，阿俊放起音樂，「搞屁啊，」我有點不爽，「你突然放歌放這麼大聲幹嘛。」

振奮一下精神啊。他說。宿醉加上被大雨困住還要振奮什麼精神，我心想，但喉頭湧上的熱流讓我發不出聲音。

這首 *Stairway To Heaven* 是我大學時候熱音社最喜歡唱的歌。他又說。要唱好這首歌其實很難耶，不只是音高，還要有一種疲倦的憤怒感。然後他哼了兩句，停了下來。算了我太久沒唱搖滾了。他說。

又沉默了半晌，我感到有些歉疚，隨口問他若是雨下太大的話，鴿舍會不會出什麼問題，需不需要和家人交代一下。他回答，因為鴿子喜歡乾燥通風的環境，所以鴿舍通常都會架高，不怕淹水；倒是備賽期間需要視情況停訓一兩天，這時就會擔心鴿子鬆懈、甚至延誤原本安排的操練進度。

「你知道嗎，即使天候狀況不佳，有些人仍然會選擇放飛，說是要讓鴿子提前適應正式比賽時，詭譎多變的海上天氣。」不知道為什麼，他整夜沒睡卻依然說個不停：「你不覺得這跟我們當初在升學班的狀況很像嗎？怕孩子輸在起跑點，不如先讓他們在跑的過程中累死。」

「好吧所以最近需要備賽嗎，」我刻意忽略他的牢騷，問：「會不會耽誤到你工作？」

他搖搖頭，說這屆冬季賽是他爸負責操練，所以才有空跟我出來四處遊山玩水。「怎麼說，其實我最近對賽鴿有點疲乏，沒有很想處理比賽的事，」他停頓了一下說，「就乾脆都丟給老爸負責了。我只負責清理環境、跑跑腿這樣。搞得他甚至還為此跟我吵了一番。」

「我還以為你很喜歡賽鴿。」

「我是很喜歡鴿子啊，」他說，「但是賽鴿不一樣。」

「那你不要繼續玩不就好了？」我直截了當地說。

阿俊安靜了好一陣子，才開口：「不行。我們全家都是靠鴿子養的。」

我聳了聳肩，擺出一副那你到底想怎樣的表情。

「我也知道自己這樣很任性，」阿俊大大地嘆了口氣，「所以我只是休息一下。之後應該還是會回去幫忙練鴿。」

我點點頭，不置可否。當時我心裡或許有些羨慕阿俊，無論如何迷惘，終究還是有一條明確的道路可以依循。會不會人終其一生尋找的，不過就是這樣一種確定性呢？不知道為什麼，我腦中再次浮現起影片中，海上振翅的鴿群。

「喂。」阿俊忽然開口，「你知道要贏得賽鴿比賽，最重要的是什麼嗎？」

「我他媽的怎麼會知道。」我沒好氣地說。但阿俊只是沉默地看著我。我只好裝作自己很努力在思考的樣子，說應該是訓練方法吧。

「登登登——錯了。」阿俊發出了問答遊戲節目中，常見的答錯音效。我懷疑他根本就只是想要耍我。

「如果你仔細觀察，就會發現各家鴿舍操訓、保養或食補方法，其實都大同小異；每個人都是循著教乖、舍下飛行、外地放飛的過程進行訓練，大概也都會定期替鴿子補充各類營養素，沒什麼好特別稀罕的。」

「所以重點是——」我配合地提問。

「是血統喔。」他不等我問完便逕自說了下去：「一隻在國外拿過大大小小比賽冠軍的鴿子，牠的肌耐力、骨骼結構、羽毛質地還有對天候的適應力，都可能被保留在牠直系子孫的基因序列裡。換句話說，牠的成功經驗是可能被複製的，只要育種者替牠選配出最好的基因配置。」

「這就是為什麼所有被拍賣的種鴿，總要強調牠父代與母代的輝煌戰績。因為優良的血緣確保了獲勝的概率。你知道這是什麼意思嗎？」阿俊用手指了指自己和我，「就是說，如果今天我們兩個是鴿子，你會被當作選手培養，我會被淘汰。」

放屁。我說。

如果是這樣的話，你倒解釋看看，為什麼我他媽的連一個公務人員都考不上啊？我說。

「因為成為選手，也僅僅是拿到下一輪淘汰機制的門票而已。」阿俊平靜地說：「你不是看過紀錄片嗎？所以應該知道，每次五關比賽下來，歸返率了不起就是百分之十。上萬隻一齊從運輸船放飛的鴿子，最後僅會存下數百隻，能夠帶到鴿會拍照、做成獎狀裱框在客廳供賓客閱覽。」

「可是那些獎狀也沒有任何屁用。」阿俊頓了一會，像在思考要如何安慰我。「反正結局都是一樣的，名次好的就考慮留下作種鴿，不好的便賣掉、送給別人做人情或者處理掉。」

怎麼處理？我冷笑看著他。所以像我這樣的人，應該怎麼被處理？

「我不知道。」沒想到阿俊居然認真地回答了：「但關於鴿子，我爸的作法是，把待淘汰的鴿子集中在一個桶子裡，然後往裡面灌水。」

是吼——我刻意把聲音拖得很長，兩手一攤，躺倒在沙發上。我一點也不想聽阿俊在那邊分享他的鳥經驗。但我實在疲倦得連吐槽的力氣都沒有了。

「你知道嗎，那些被溺斃的鴿子，有些會閉上牠們薄薄的眼瞼，乍看像是睡著一樣，有些則仍然睜著牠們鮮紅的雙目，舒展翅膀與腿腳，彷彿正在游泳。」

「在我學習如何養鴿的過程中，我被我爸逼著看了許多次『處理』的畫面。他告訴我，要養出優良的賽鴿，一定要學會如何汰除那些不良品。畢竟鴿舍就那麼點空間，想成為地方強豪，一定要有原則。」

我閉起眼睛，別過了頭，但阿俊仍然自顧自地在講那些鴿子的事，就好像著魔一樣。

「所以，我必須知道鴿子的哪些特徵或舉止是好的、值得保留的，而哪些又是需要被淘汰的。舉凡鴿眼外圈眼砂排列的密度、羽毛的色澤與厚薄，或者訓認期間領地意識的強弱、生病的頻率等等，都成了鑑別鴿子好壞的方式。」

「我能理解，為了贏得比賽，這是必要的過程。但我始終無法習慣這個過程，提前殺掉那些什麼都還沒試過的鴿子。即使我目睹過那麼多次死亡，經手過那麼多鴿子的屍體，我仍然時不時會夢見牠們從桶子裡面浮起。」阿俊彷彿陷入自己的夢境，雙眼空洞地望著我身後的某處。

「我試過將牠們野放在偏僻的山林裡，但總仍會有幾隻記得回家的路，在降落臺上眼巴巴地等著我開窗；我也曾想試著扭斷鴿子的脖頸，盡可能縮短牠們痛苦的時間，可是手一捏住牠們小小的頭，耳邊便會自動響起牠們激烈的悲鳴。

「你就當作是我們這世人欠牠們的，我爸這樣告訴我，沒辦法，我們還是要靠牠們吃穿。他的語氣聽起來很勢利，對吧？然而，當我看見他像個獸醫一樣，細心地將鴿子的傷口縫合、敷藥，或輕輕捏住鴿子瘸著的腳泡入藥酒，一動也不動地站了半個小時，又會由衷感覺到他對鴿子們的愛。

「你不覺得很奇怪嗎？人居然能夠深愛著某個什麼，同時殘忍地對待著那個什麼。」阿俊忽然把臉轉向我，用力地搖晃我的肩膀。這真的可能嗎？愛真的是這樣矛盾的事情嗎？我抓住他的手臂，試圖使他平靜下來。我說，可以了，沒事了。

很慢很慢，阿俊鬆開他的手，身體像顆消風的氣球疲軟下來。我看著他，不知道自己應該如何回應他的問題。畢竟，鴿子距離我的世界實在太遙遠了，以至於投注其上的任何情感，聽起來都有點虛妄。但或許重點也不在愛或者不愛。我隱隱約約感覺得到，真正使阿俊困惑的，其實是某種生活的慣性，甚至是一整個世界運轉的邏輯。我多希望自己能夠給他一些鼓勵，告訴他，至少我們是可以改變自己的，就像幾年之前你成功改正了你的腔調那樣。但我終究還是沒有說出口，只是在腦中反覆思量著自己的命運，直到睡意湧上。

醒來時，阿俊仍然坐在原處，好像一動也沒動過一樣。雨已經變小了，他對我說，我們回去吧。於是我們走出早已空無一人的大樓。颱風遠去，大水退散，生活再次無傷地回到它原本的軌道上。阿俊亦開始重操舊業，而且玩得比以前更投入，賭得也更大膽。

不曉得是不是因為對我徹底失望，後來我再也沒聽阿俊透露過任何心事了。就連去年他和小如告白然後被拒絕這件事，都是小如轉述給我聽的，我從沒親口聽他承認過自己喜歡小如。不過，那時小如似乎也正深陷在自己生活的泥淖裡，所以沒有和我多說什麼，只是講，希望我們三個能夠一直當好朋友。那句話是不是其實意味著，我們三人已經漸行漸遠了呢？多年後，當我再次因為一場大雨而全身濕透，我才發現，距離我們上次一起好好喝酒、聊天，甚至是漫無目的地坐著，原來已經是那場颱風以前的事情。就好像颱風把我們時間的小船，也一併捲走了，以致我們即使沒有暴雨，都仍然被困在各自小小的孤島上，無法駛向任何地方。

我不確定77號是不是也在雨衣包覆的小小世界中，感受到了一些什麼。我捏捏牠的後頸，問牠快樂嗎？悲傷嗎？對於這個世界仍然充滿好奇嗎？而牠並沒有回應。僅是半瞇著眼，似乎正沉思著其他更重要的問題。

或許牠已經提前得知了：在阿俊過世的一個多月後，阿俊的父親將一舉奪下冬季北海綜合五關的亞軍，並在最終歸返的六十六羽中，包辦其中十二羽。在當期賽鴿雜誌的專訪中，阿俊的父親說他是化悲憤為力量，希望將榮耀獻給同樣愛鴿的兒子。那隻得到亞軍的鴿子遂取作「希望」。晶紅清澈的鴿眼特寫旁，列著牠輝煌的成績與顯赫的身世，我來回翻看了好幾次才發現，牠的父親是去年春季賽季軍，母親是詹森系種鴿，就和阿俊最後的訊息裡提到的一模一樣。

我常常覺得，77號或許懂得比我、比阿俊以為的都還要多。牠其實理解事物運作的模式，亦明白在牠所居住的世界之外，還有另一層更廣袤的世界，所以不反抗、亦不特別感謝我每日的照料，而僅僅是接納了它。如果能夠溝通的話，我想，牠應該會向我坦承，自己其實不是我期待的馬奎斯，或者杜斯妥也夫斯基之類的天才。但是沒關係，我會拍拍牠、告訴牠，我並沒有期待從牠身上，得到些什麼。

我只是漸漸習慣了有牠陪伴的生活。據說鴿子一般可以活上十幾、二十年，所以我猜我們還可以一起走上好長一段路，在天氣晴朗的時候曬曬太陽，無聊的時候練習遠行，丈量世界之於我們家屋的距離。對的，77號現在已經會飛了，或者更準確地說，是知道如何回家。第一次放飛那天，我站在陽臺，將自己唯一一件紅色上衣綁在掃帚柄上，不斷揮舞，直到牠終於張開雙翼，朝著天空騰飛。有那麼一瞬間，我以為牠不會再回來了，於是我慢慢在牆邊蹲下，想著那些自我生命中離去的人，哭了起來。

但牠終於還是找到了我。牠重新飛回陽臺，輕輕跳落在我的肩頭，低低鳴叫了幾聲，像是在答覆我，連我自己都不知道問題的答案。

我但願自己有朝一日能夠理解牠的語言。但即使不能也不要緊：我已經可以接受了。我現在只希望能夠好好替牠取一個新的名字。不再是腳環上的號碼，而是一個真正的名字。如此我便能夠呼喚牠，思念牠，在牠翱翔於天空的時候，為牠捎上我小小的祝福。

少年阿仁師

再次見到師父，已經是八年後，我為了出版社的邀稿，與他約在神鑑大樓頂新蓋成的咖啡廳。相較於我記憶中的模樣，師父的頭髮稀疏不少，鬍鬚花白，笑起來額頭的紋路彷彿一條條崩陷的坑道。不過他持握茶杯的手如舊沉穩有勁，聆聽我的話語時，矍鑠的目光會看進我的瞳孔裡，好像他正直接與我的靈魂對話。

老師，我如同過往那般喚他：老師您最近過得怎麼樣？一切是否依然安好？他點頭說很好，過得很好。雖然他其實並不記得我是誰，但他仍親切地問候我的近況，向我分享其他師兄弟姊妹的消息，就好像我始終未曾離開過他門下，與他一眾徒子徒孫沒有任何本質上的差別。

我的師父名叫李守仁，人稱阿仁師，今年已經八十五歲。關於他如何從雲林崙背鄉港尾村的一介農家子弟，成為精通南北派拳術的一代名家，江湖上始終流傳著各式怪誕離奇的傳聞。原因無他，師父每次向旁人傳述的故事情節都不一樣，不同版本之間且會自行配種、連結，蔓生出各形各色的矛盾與補註。

就拿他民國五十三年時，同韓慶堂師爺與「韓門五虎」之一的沈茂惠師兄，前往菲律賓教授北少林長拳的事蹟來說吧：阿仁師不僅一次向諸弟子提過，當時除了跟隨師父師兄練武授拳，他還曾在馬尼拉市與拳王羅佩茲·岡薩雷茲（Lopez Gonzalez），於當地二千名觀眾見證下比武。旁邊除了有警車、救護車預備，還有許多黑衣人士為保全兩人名聲（同時也是避免二者象徵的東西對抗，成為有心人士利用的素材），守在現場禁止記者與攝影器材進入。

由於情節描述生動，阿仁師甚且曾重演彼時制敵決勝的幾招手法，為好奇的弟子授業解惑，因此這故事流傳頗廣（當然也多虧當時連續劇《西螺七劍》的熱潮），後來還被某導演相中、改編情節後搬演至大銀幕上，成為武俠電影熱中的一支。不過，多年後阿仁師在接受《臺灣武林》、《力與美》等傳武相關雜誌採訪時，卻改口表示他其實是與當地教授中國武術的武館師父發生衝突，此「公開決鬥」因而是形意拳與長拳、傳統武術之間的「內戰」，而非當年盛傳的東西洋對決。

沒多久，在他六十歲的壽宴上，阿仁師又再次和弟子們更正，說他打贏的拳王其實姓查爾斯（Charles），是個美國人，步伐靈動，擅長以上勾拳一擊K. O.對手，已經在中量級的擂臺賽上稱霸多年……類似的故事無止盡地變體，以致傳說愈加奇詭，包括阿仁師戒嚴時期曾為國民黨情報局工作，暗殺異議人士，並曾遠赴美國擔任李小龍電影的武術指導等等，都被謄寫在阿仁師的維基條目上，等候查證。

偏偏故事中又有幾分難以置疑的真實，譬如那些資料上未有紀錄的，拳王與馬尼拉市的公開比試，竟獲得許多居民煞有介事的背書，並被隱晦地保存在當地一些通俗小說的情節裡，以致敬或參考的方式旁證其存在；還有他年輕時，亦確曾拍過《青城十九俠》、《潮州怒漢》等武俠片，甚至受邀至香港擔任邵氏電影中的武行與動作指導……種種虛實情節混染、真假記憶疊加之下，即使是曾慕名而來、對師父進行口述訪談的學者，在耐心比對過歷史檔案及地方訪談資料後，都不得不承認：如今，他們已無能判辨從阿仁師口中說出的故事，那些有所衝突、出入的部分，究竟孰真孰偽。

唯一禁得起反覆驗證的，大概只有阿仁師拜外號「千手擒拿」的韓慶堂為師，在臺北新公園與植物園修習北少林長拳多年，終於民國六十四年「中華國術第一屆世界觀摩邀請賽」上嶄露頭角，擊敗各路好手獲得輕甲級冠軍的這段經歷——不過，那是僅就阿仁師口述的歷史而言。撇去他變化莫測的敘事不談，其實，阿仁師之所以被人尊稱為阿仁師，絕大原因是他在傳統武術上深廣的造詣，與不遺餘力的推廣。

經由韓慶堂師父的引介，阿仁師一生鑽研過多門武學：先是和「跤王」常東昇學摔角，隨劉雲樵先生門下武字輩的弟子練八極拳及八卦掌，又得張詳三授六合螳螂拳，周繼春傳楊式太極拳，後並與盧文錦討教詠春拳，韓國教練、日本師範切磋跆拳道及空手道；這各門各派的武學和拳理，且被他融貫進長拳的基礎中，成為他一手創設的「仁義長拳門」，教育出無數徒子徒孫。

奇怪的是，阿仁師自己反倒不願多談這些「已證實」的事蹟。即使他人詢問，也只是淡淡回「反正這些你們都知道了」，便輕輕帶過。

在這些已知與未知的敘事中，始終有塊幾近空白、缺乏情節進駐的盲區，那便是阿仁師的兒時經驗。不僅師父自己鮮少提及，就連那些擅於穿鑿附會的電視劇或人物條目，都僅僅是以一句「小時候父親離家，與母親相依為命，十八歲時決定離家北上找工作」，草草帶過他拜師以前的生活。

這次約訪師父，可以說，便是要從他的口中，撬出這段尚未被聽聞、因此亦未能被證偽的故事。是的，一切必須從頭來過。就像超級英雄片反覆重啟的「起源」電影。這本應賦予個人生命中最根本的欲望動力、在無數次夢境重返的創傷幻想——在心理學中如此重要的童年，怎麼可以被這樣輕易敷衍過去？為了重新想像一代宗師舉步的原點，為了重新刻劃阿仁師這個人物的形狀，出版社編輯小如特別邀請我、這個曾經跟著阿仁師學過一點粗淺拳腳的無名小說家，撰寫一部既真且假的「人物小說」。

「人物小說」是什麼意思呢？小如說，你就把阿仁師口述的所有事情，都當成小說來寫就好了，但記得要加點注腳，營造得好像他記得很清楚、好像你只是手持著鏡頭，把他那些經歷記錄下來而已。

就像你以前寫的那些小說一樣，她說，把火寫得好像假的。

我說，但我並不想把火寫得好像假的。

沒關係，你想什麼都不重要。小如拍了拍我的肩膀說，重要的是，你也是時候該往前寫下一本小說了——

於是我讀過所有關於阿仁師的研究和採訪，巧妙設計好題綱。在見面的這天下午，迂迴、繞行、試探了無數話語之後，我終於向我的師父提出了問題。

沒想到師父竟然不躲也不避。彷彿知道我想獲得些什麼一樣，他正大地接下了我的提問，告訴我，他幼時跟著父親學武，待父親離家後，復跟舅公練布雞拳的經驗，甚至主動談起他第一次接觸北少林長拳，並不是在投入韓慶堂師父門下之後，而是更早、在他還在港尾村的時候，就已經見過了。

換句話說，阿仁師「傳奇」的序幕，事實上要比目前坊間流傳所有版本的故事，都來得更早。這項發現讓我興奮不已。我甚至來不及查證情節的真偽，便稀哩呼嚕地寫下了這個故事。

那已是距今約七十多年前的事情。但阿仁師談起他武術生涯的肇啟，仍十足精細、鮮活，彷彿一切不過是幾天前才在他眼前搬演過的尋常戲碼，任何人物、背景、話語乃至光影的位置，都緊緊嵌印在他腦內運轉的芯片上。

「那是我第一次體會到天地的遼闊。」阿仁師抿了一口茶，講述著他之所以如此深刻記憶那事件的原因。「人講『萬底深坑、無底拳頭』，我不曉得。但當我看到的時候，我就明白了。」

一、承天堂武術賣藥團

如果一切真有所謂的起點，那應是在一個再尋常不過的黃昏。日頭緩緩沉落西面低矮屋舍，天光漸暗，涼爽的秋風颳過老榕樹寬厚的樹葉，炒鍋翻動的香氣漫溢。據我的師父、也就是阿仁師口述，當時不過十二歲的他閒著沒事，趴在餐桌上畫獅頭，遠遠便聽見有人沿著街頭巷尾，敲著鑼鼓，大聲吆喝著什麼。

聲音由遠而近，「呷飽就要趁早！魔術、拳頭、表演、笑詼攏總有，先來先看，晚來少看一半……」說話的人操著一口怪里怪氣的閩南話，年幼的李守仁停下畫筆，跳下椅凳，蹦跳至廚房大喊，是王祿仔來了！正剁剁切著菜的他的母親，張廖金霞女士，慢條斯理地回說，食飽矣再去嘛會赴。於是他乖乖吃完晚餐，直到母親垂眉頷首，這才拎起板凳往村裡的稻埕趕去。

到的時候，家家戶戶的孩子早已經置好大小椅條，圍成一個圈子，嘻嘻哈哈地指點著中間擺出的槍刀把子、鑼鼓架，還有一張長方形的藥桌。藥桌上擺著形形色色的膏藥與道具。場子兩側立起紅布滾邊的三角旗幟飛揚。「王祿仔」一行六人在場邊舒展手腳，遛腿鬆肩。

李守仁瞅著刀把上架設的刀、槍、劍、棍、長鞭、大關刀還有方天戟，疑惑地向一旁早早便來到場地等候的阿昇和表哥大頭仔問：「按呢爾？我看嘛無啥特別的嘛。」阿昇聳聳肩，大頭仔則一臉神祕地說，這群王祿仔是唐山來的，「聽講功夫共咱在地的真無仝，連阮阿公攏特別來看個拍拳。」李守仁往後一看，大頭仔的阿公，李守仁的母舅公兼授業師父，也是當時村裡陣頭的執頭旗者阿虎師，站立在人牆外圈，雙手抱胸，面無表情。他身邊且跟著一群本地的拳頭師，穿燈籠褲，腰上綁緊布帶，乍看倒像來踢館的，而不是來看戲的。

又過了一陣子，王祿仔裡看上去年紀最長的一個老者，突然張口唱起奇異的曲調，觀眾嘈雜的交談聲順著音調抑揚慢慢止歇。待樂音漸弱，旁邊一個上身打赤膊的大漢敲三聲鑼響，一個戴扁帽的矮子緩步走至場子中央。他手上撐起一只髒兮兮的戲偶，向圍觀的人們揮了揮手，「各位鄉親父老、兄弟姊妹、歐吉桑歐巴桑，大家好！」矮子一面繞著場子，戲偶嘴巴一面開闔，那聲音又細又扁，逗得孩童們哈哈大笑。矮子接著吸足中氣，朗道：「聽人講：功夫欲好，在咱本島；拳頭欲勢，在咱在地。今仔日咱承天堂來到貴寶地，承蒙諸位朋友看得起，來看咱們耍些皮毛功夫。雖然拳頭練得不怎麼樣，還請各位不棄嫌，多多指教……」

這一串怪腔怪調、混雜著閩南語和北京話的開場白才堪堪講完，一個年齡看起來不過十八、九歲的少年一個箭步搶進場，咚地一聲踏步向人群敬禮，「看起來共咱開始行拳的跤手卻是誠成。」大頭仔說，李守仁要他恬恬專心看。說時遲那時快，一轉眼少年已然行雲流水打了好幾招，低身撲腿、探打、躍起踢腳，腳尖直點眉心；落地後瞬間又接著掃堂腿、刁手、靠打，連綿不斷的攻招看得他們這群孩子雙眼發直，收式良久才如夢初醒般，跟著人群齊聲喝采。

「少年打得袂穩！但就憑你這套拳要想在江湖討生活，恐怕還差了點。」話音未落，刀架後方一寬肩長臂，顴骨高聳，雙眼炯炯有神的瘦子，掄起大刀便往場中舞過去。眼看刀就要往少年肩頭斬下，少年先是旋身避過，手在瘦子臂上拍了一下化解勁道，接著又是一個矮身躲開橫劈。「唉呀這踢盤的好不留情！」場邊矮子擎起戲偶，用細扁的聲音誇大情節，渲染緊張氣氛。

幾個呼吸之間，雙方又過了好幾招。少年左挨一踢、右被刀柄猛撞一下，往後連滾幾圈，好不容易狼狽站起身來，那瘦子已經耍得滿場刀光綽綽。李守仁偷偷朝後方一看，許多觀眾專注得幾乎連呼吸都停止了，只有伊舅公阿虎師與其領頭的一眾拳頭師仍然冷冷睨視著。

正當眾人屏息期待著接下來的發展，場外老者卻不知何時從行囊裡摸出一把胡琴，咿咿呀呀地拉將起來，「練武過招難免跌打損傷，有時傷筋動骨，有時煞到頂八卦下丹田……這時只要外敷咱們承天堂的吊膏，內搭強筋壯骨散，保證藥到病除，氣血通順……」老者介紹藥效，一旁打赤膊的壯漢從藥箱裡取出膏藥，以黃紙烘化，再用筷子挑起膏藥絲，塗在少年剛剛被擊打的部位。膏藥抹完，少年戲劇性地就地蹦躍起來，重新運氣跨步，虎虎生風地在場中又打了一套拳。矮子氣足聲壯地在藥桌前旁白：「正是承天堂的膏藥治傷止痛有效果，行家間才敢放心過招，毋驚出代誌。」

「今天難得諸位朋友願意捧場，咱們承天堂也算是和各位結緣，這膏藥原本一張一塊五，兩張三塊錢，今天就半買半相送，三張膏藥四塊錢，有買多謝，無買感謝，有合意的喝聲，無合意的邊仔徛……」說話之間，老者已經發出好幾張購買牌。眼看場邊觀眾一個接著一個伸手遞錢，阿虎師低聲向旁邊幾個拳頭師不知說了什麼，那些師傅又往附近的人群傳話，尚等候領牌的觀眾突然紛紛縮手，甚至有幾個眼明手快的人把錢抽回，搖搖頭表示自己再考慮考慮。

原本鬧熱的氣氛倏忽冷清下來。任矮子鼓動簧舌、吹嘘自家膏藥妙效也再賣不出半張。矮子只好重新站回場中，清清喉嚨，一一介紹承天堂餘下幾個作場的人，除了少年與瘦子，還有個耍槍棍的高個頭、舞鞭與鐧的大鬍子，連拉胡琴的老者也上來秀了一套身法凝鍊的劍。在那直挑橫打、穿花扎槍、步法進退之間，李守仁發現，這與他往常在村內春秋兩季祭祖時，看見陣頭的長短兵器對練，有著相當不同的拳理與功法。

他說不上來那不一樣的究竟是什麼，但他小小的心房就此打開了一扇窗：原來七欠之外還有拳頭。他向大頭仔悄聲說，王祿仔的功夫真正有厲害。大頭仔點點頭，說不知道共伊阿爸打起來佗一个會贏。然後他們一齊轉身看向阿虎師，伊仍然神情嚴肅地站在最後面，就像一尊佛像。

隨著瘦子使完雙刀，觀眾的喝采聲告一段落，矮子見買氣不佳，向那打赤膊的壯漢使了個眼色，後者雙手背後，堂堂便走到了場中。

「人攏講唐山師有硬氣功，」矮子歪頭對著手上戲偶發問：「能憑一身筋骨打彎鐵尺、敲斷木棍，甚至扛過馬車輾，不知是有影也是無影？」

「我看是騙鬼毋捌食水。」戲偶嘻嘻笑道。

「絕對毋是嘐潲！」壯漢氣發丹田，聲若洪鐘，「只要先以溫水搭服承天堂的強筋壯骨散，待藥氣行遍全身經脈，哪怕木頭鐵器打，運起硬功夫也只是皮肉傷。」

「好！我就看你偌勢拍！」矮子從圓形鐵盒中舀出一勺藥散，那壯漢和著水，在口中咕嚕嚕漱了幾趟後服下。老者趁著「藥效未發」，又介紹起藥散功效。

「驚大家講咱在講白賊，我現場給各位試驗一下。」待老者抱口講畢，壯漢取出一排長約二尺、磨得細緻油亮的木棍，掂在手上像一列子彈。他掃視眾人，最後目光落在了李守仁的身上。「小兄弟，你可以幫我個忙嗎？」李守仁在眾人注視下，困惑地站起身來，走至場中。

「待會請你拿木棍使勁往我身上砸，大力點沒關係，砸斷最好。」壯漢環顧全場，大聲地說。顯然是要知會觀眾，這打是真打，絕非套招。

李守仁遲疑地拿起木棍，抬起頭來，壯漢用鼓勵的眼神向他點了點頭，指著自己的前胸與後背；眼角又瞥見大頭仔和阿昇等一眾與他年紀相仿的孩童，充滿期待地看著他，李守仁只好深吸一口氣，站起功架，發勁往壯漢身上招呼。

第一下他只用了七成力，砰地一聲悶響，大漢身子凝如山嶽一動不動，反而精神倍增地呼喝：「再來！」於是他心中再無罣礙，全力往大漢脇下、後背、臂膀與腿骨打去，砰砰砰砰四聲巨響，木棍硬生生打斷四根，大漢身上浮起一條條暗紅色的血痕，但他依然面不改色，拿起最後一枝木棍，便往自己天靈蓋砸斷。隨手一拋，那斷成兩截的木棍滾落至觀眾面前，一時竟無人喝采。

矮子見時機成熟，便又兜賣起這「強筋壯骨散」。他的聲音聽起來是如此篤定，就像阿虎師唸讀布雞拳口訣，或者母親背誦父親離家前留下的家訓一樣：不需要質疑，甚至也不必理解，只要先背記下來，終有一日它會在你體內生效。時值青春期的李守仁，正苦惱於他矮小的身材，聽見那神奇的轉骨功效不禁心動。可惜母親不在身邊，大頭仔又被阿虎師的凌厲注視，乖乖按在椅條上，最終只有他們中體格原本便已經相當高大的阿昇，說服了他父母，掏錢買了三盒共三十日份的藥散。

最後，根據李守仁計數，那藥散總共賣了七、八份，比藥膏多一些，也不曉得成績是好或不好。只記得散場前，承天堂齊夥抱拳作揖向觀眾答謝，他們臉上的神情看起來都有些落寞。

二、李守仁（1）

圍觀的人潮逐漸散去，大頭仔、阿昇紛紛向他道別，阿虎師與一眾拳頭師悄然隱沒在夜色，隔壁的歐吉桑一邊講著笑詼一邊搖搖晃晃地走遠，興許是喝了點酒。只有他，仍然愣愣站在原地，看著那幾個王祿仔收拾兵器與道具。他聽見老者長長嘆了一口氣，對著矮子說，「難得今晚花開得這樣好，果子卻結不滿，真是可惜。」

矮子搖搖頭，用布巾仔細將藥盒裹好，「是我抱口說得不到位，閩南話太過生硬，才沒能引起觀眾興趣。」

「沒事，運氣不好罷了。」壯漢套上衣服、紮起功夫腰帶，帶子一端繫著兵器袋，另一端綁著行李，結在背上像將要遠行的僧人。「下次試試把戲再編排得新鮮一點，說不定結的籽就多了……」

稀微的月光與星光灑在空地，他們的聲音漂浮在蟲鳴蛙叫之間，像遙遠夢境捎來的消息，很快便消散在空氣裡。為了聽清楚他們在聊些什麼，李守仁不自覺地走得愈來愈近。

「……剛剛人牆外邊有群看上去也是練掛子的，一直在觀眾耳邊傳話。」現在輪到瘦子在說話，李守仁依稀能在陰影中辨出他閃著淡淡螢光的眼珠。「或許是我們欠了禮數，忘記先知會本地的武館了。」

「嘿，我們不過就是過路賣個藥，哪裡礙著他們了？」

「各地規矩不同嘛，」瘦子聳聳肩說，「不過我也只是隨口瞎猜——」

突然，李守仁感覺後領被人一把揪住。李守仁嚇了一跳，後面那人才正發出喂聲時，他已下意識用大臂劃圈、掛開那人的手腕。轉頭一看，月光映出少年半邊錯愕的臉。正說話的瘦子與壯漢，亦立刻警覺地回過身來，擋在少年兩側。

「怎麼了？」壯漢問。

「我剛剛看他一直站在旁邊偷聽我們說話，想問問他在幹嘛。」少年說。

於是眾人目光一齊轉到他的身上。當時李守仁周圍並無其他鄰人，只有三兩羅漢跤仔、小販和晚歸者，在遠處的陰影下，或閒晃或低頭趕路。回憶起當時的情景，師父說，或許是因為他打從隨父親、乃至舅公學拳伊始，便不曾遇過外地練武的人；最多最多，也就是看過隔壁村鎮的陣頭操練與表演。對這樣一群遠從大海彼端渡來、且同樣在打拳頭的異鄉客，他的好奇心遠遠壓過了警戒心，以致阿虎師與母親「要提防外地人、尤其是外省仔」的日常叮囑，都被他拋在腦後。[1]

1 我好奇問師父，為什麼伊阿母跟舅公會特別要他小心外省人？師父遲疑了一會，說警察曾經因為要破獲「匪諜工作」進村子搜過好幾戶，導致當地人都很怕外省人來村子是要探聽、套話或抓人。那當時有人因此被捕嗎？我問。但師父並沒有正面回答我，只是淡淡地說：「後面就會講到了。」彷彿他早已經準備好今天要述說的情節架構，任何歷史與記憶的敘事都不得更動順序，或超出範圍。

但李守仁心中沒有一絲一毫的驚懼。反而，他主動走上前去，大咧咧地對少年道了一聲失禮，然後抬頭問：「你們剛剛聊的花啊果啊掛子什麼的，是什麼意思啊？」

站在最前面的少年被他這麼突如其來一問，一時愣在原地不知如何反應。「那是我們幹漢行的一些黑話。」倒是瘦子彎下腰來，用他那對宛若玻璃彈珠般透著銳利光芒的眼睛，直直望進李守仁的瞳孔裡，「你是剛剛上臺幫忙砸棍的人對吧？」

「我聽不懂，你說的『幹漢行』是指什麼？」

「嗯——」瘦子搔了搔頭，說：「簡單說就是一邊跑江湖，一邊給人賣藥看病的。」

「賣藥的功夫都像你們一樣厲害嗎？」

「那倒不一定。」他們一行人都開心地笑了起來，瘦子跟李守仁解釋，一般賣藥有分文武場，開文場的有吹南北管、拉胡琴、做戲、唸歌甚至變魔術等不同招攬客人的手段，開武場的則主要是靠表演拳腳功夫，搭上一點小把戲；像他們承天堂就屬於後者，除了要有些配藥熬膏的獨門本領，更要會打拳頭，好吸引更多人觀看他們的場子。

「但俗話說：未練拳，先學藥。習武的人不懂藥，那是和自己的身體過不去。」矮子接著說。不知何時，他們幾個人已經圍在李守仁的旁邊，似乎對他這個本地的少年人很感興趣。「所以反過來講，練拳的人多多少少會學點醫術，以應付日常的跌打損傷。」

「小兄弟，你們當地應該也有武行吧？」此時老者突然開口，問：「難道他們不會幫忙推拿、針灸，處理身體大小病痛嗎？」這話顯然問到點子上了，所有人都停下動作，等著李守仁回答。

「嗯，我舅公的武館平時也會替人針灸、推拿的。不過他們不會表演那麼多有趣的東西啊！」說完，承天堂眾彼此心照不宣地互瞧一眼。老者幽幽嘆了口氣，說難怪難怪，原來是搶了在地人的生意。其他人跟著搖了搖頭，便回身收拾自己的東西去了，似乎也沒打算再多說什麼。倒是那瘦子眉毛一豎，問李守仁：「你舅公是誰？」

「我舅公就是阿虎師，這附近庄頭的拳頭都是伊教的！」李守仁不自覺地挺起胸膛。

瘦子的眼神瞬間暴起一絲奇異的光芒。他問：「你說的這位阿虎師（他皺著眉，勉強發出了正確的音）打的是什麼門派的拳？」

「門派？我舅公當年是在武野館拜師學藝，打的是布雞拳；不過他也曾經在西螺街上跟一位金萬師練過牒仔拳。」

「嗯——」瘦子皺了皺眉，「這兩種拳我完全沒聽過，看來是地方特有的武術。」

「胡坤啊，我們明天就要搭車到嘉義去拉場子了，沒時間在這裡多逗留了。」老者開口，他聲音中帶著一點懇求。

「趙爺說得對，下次記得做場子前，和當地店家多探聽些消息也就是了。」壯漢接腔道：「這次就當個經驗——」

「我既不是想惹事，也不是要去踩盤。」那位被叫做胡坤的瘦子搖搖頭，說：「我只是想看看這小兄弟說的布雞拳和牒仔拳，究竟是什麼模樣。」

「那乾脆點請他現場示演一下，不就得了嗎？」說完那趙爺也不等胡坤答覆，轉身便向李守仁抱拳施禮，「小兄弟，你也聽到了。能否請你為我們打趟布雞拳，讓我們開開眼界？」

李守仁有些遲疑。畢竟他過去從未在眾人面前表演過套路，就是武野館的金獅連陣，他也只是上去走位、跑跑龍套，沒有單獨耍弄過兵器。但這群人的態度讓他莫名生起了一股驕傲——由於村裡的小孩子幾乎都學過一點拳，大人們更是對陣頭表演非常熟稔，所以連他自己都沒把布雞拳看作是什麼獨門武藝——這因此是第一次，他感覺自己原來也是一個可以代表什麼的人。

於是李守仁丹田吸氣、眼神沉定，擺出布雞拳之拳母「三步撸」的起手勢「四海皆兄弟」。眾人見他既已擺出功架，遂後退讓出空間給眼前這名矮小的少年。李守仁謹記著阿虎師教授他的拳詩及口訣，首先側身上步，雙肩墜落，接著配合呼吸吐納往前打「龍虎排牙齒」[2]；不過幾秒鐘的時間，他已經完全專注在套路的攻防進退上，心神澄明，腳馬、手肢、視線皆精準如機械。明亮的月光映照著他的身法，影子拉長在地上，彷彿與他對練的敵手；進馬，盤肩過耳，龍虎排牙齒，金勾指，然後是配合呼喝聲的「掙」。一趟拳打完只是一、兩分鐘的事，但當李守仁收勢、調氣終於請拳，他卻感覺彷彿已經過了一個時辰那樣漫長。

「好！」胡坤首先喝了聲采，其他人亦鼓掌表示讚許。這下換李守仁有些不好意思了，連忙說自己不過是演個樣子，連舅公的一點皮毛都沒學到。

但此時胡坤心裡似乎已經暗暗下了決定。他和眾人握手道別，與老者講了很久的話，最終趙爺長長地嘆了口氣，「賣藝或許賺不了幾個子兒，但至少活得心安理得啊。」趙爺意有所指地說。胡坤點點頭，又搖了搖頭。然後少年拿起兩面寫著「承天堂」的三角旗，其他人

2 時已八十五歲高齡的阿仁師見我一臉困惑，竟立刻站起身來、推開桌椅，不等我勸阻即示範起動作：那是在上步踩右三角馬的同時，雙掌上挑成四十五度，既可抓擲敵人，亦可擋開拳路直攻面門。過去我鮮少見到師父示範北少林長拳以外的拳術，這番親眼目睹，才明白師父如何能被稱作「精通南北拳」。因為他打布雞拳時的功架，或者用更「科學」的講法，其重心與發力位置徹徹底底是「南拳」的，與他打長拳之時強調的大開大闔差異甚大，且腳步更強調快速近逼、搶進對方懷內。

提起收拾好的兵器袋與行李，轉身便走入了暗影。[3]

「對了你北京話說得很好啊，」等到他們的身影完全沒入黑暗之中，胡坤才突然轉頭問李守仁，「怎麼學的？」

「我媽教我的，」李守仁說：「我爸在離開雲林之前，特別交代孩子要學好北京話，之後才能和祖國的同胞們溝通。」

「你父親跟母親都很有遠見。」胡坤點點頭，說：「會講北京話很重要，你之後一定能做大事。」

明天早晨我會再過來，到時想麻煩你為我引路，拜會這位阿虎師。李守仁困惑地看著胡坤，問你想見我舅公？胡坤點點頭，說他想親自向阿虎師討教一些布雞拳的拳理。

喔。李守仁心想，這下他跟大頭仔就可以知道阿虎師和這個王祿仔到底誰的功夫更高了。但轉念又想，他這可不是領著人上門來踢館嗎。為難之間，胡坤似乎看出了他的心思，說他只是想與師傅「換拳」，絕不是存心鬧事。

換拳？對，胡坤耐心地解釋，換拳就是兩人約好互相交換各自的套路。以前跑江湖有幸看見大江南北、各式各樣的拳與奇門兵器，若有時間便會與行家互相交流。總體而言只要把動作、旨趣教過便行，不會麻煩到你們的。

聽起來沒什麼問題。李守仁眼珠骨碌碌地轉了兩圈，滿意地點了頭。他想，反正他也不能決定怎麼做才是對的，不如讓舅公親自與這人當面聊聊，說不定還有好東西可看。

好了，時間也不早了，胡坤提醒李守仁，你還是趕快回家吧，否則你家人會擔心的。李守仁愣愣地應了聲好。轉身，邁開步伐便急急往家裡奔去。時間確實是晚了，他開始擔心起回家將受到母親怎樣的責罰。空曠的路上，兩側的陰影像隨時要有猛獸跳出。

轉入小巷前，李守仁回頭望了一眼，胡坤似乎仍站在原地。他的衣襬在晚風中飄盪，遠遠看過去，身體竟像在月光下浮了起來，那樣輕且透明，彷若隨時都要消失。

---

3 師父說，那是他初次，也是最後一次見到承天堂的名字。一直到幾年後他上臺北，拜了韓慶堂為師，才輾轉從韓師口中得知，那主持承天堂賣藥團的「趙爺」名叫趙齊生，是形意拳的一代名家。遇見阿仁師的隔年十月，他受邀參與戰後於臺灣首次舉辦的全省國術運動會，在表演大會上演了一套拳和劍法，博得滿堂采，也因此與韓師有一面之緣。可惜沒多久後病死，團裡其他人亦無心再做生意，承天堂那些拉街、攬客的把戲，以及熬製膏藥的祕方便這麼失傳了——雖然這大概只是眾多消失在歷史的賣藥團中，微不足道的一支；不過它畢竟讓師父認識了北派拳術，像孩童剛剛學會三角形的概念時，在腦中矇矓地畫出形狀。或許是因為這樣，我想，承天堂才在師父的生命史回顧中，占有了一席之地吧。

三、阿虎師

後來這位胡坤便這麼順利見到阿虎師了，對嗎？我問師父。他搖搖頭說不，一開始武野館的人都以為胡坤是來踢館的。畢竟昨晚他們拆了賣藥團的場，心裡多少有些戒備。儘管當他帶著胡坤前往拜會阿虎師時，日頭才剛剛掛上樹梢，但伊厝前的庭埕，也就是他們平時練拳頭的地方，已經站了十多個人。[4] 他們手上各自提著出陣用的家私，釵、踢子、斬馬刀、鉤鐮，就連阿昇與他的大舅二舅，也分別手執鐵尺、雙刀、丈二棍，在樹蔭下乘涼聊天。一見到胡坤現身，紛紛緊繃起來，大聲喝問李守仁帶這陌生人是來幹嘛的。

「我是來找阿虎師學拳的。」胡坤恭恭敬敬地欠身施禮，李守仁連忙和眾人解釋，伊是昨昏來賣藥仔的唐山拳頭師，對咱在地的功夫真有興趣，所以才焉來讓伊佮舅公講一寡仔話。

哪會有外省仔對咱的拳頭有興趣？阿昇的二舅雖然一臉狐疑，但總算是稍稍放下了手上的丈二棍。但伊大舅只是哼了一聲，說個彼寡王祿仔分明是看袂起咱庄頭，才敢來咱遮打拳頭賣藥仔哩，也毋知個的藥仔是真抑是假。其他人跟著應和，說著說著一夥人猛地站起身來，連阿昇都裝模作樣地對空揮了兩下鐵尺。李守仁嚇了一跳，張口想叫胡坤打消學拳的念頭，趕緊離去，但胡坤只是平和地微笑著，似乎仍以為眾人在尋常地聊著天。

眼看場面就要一觸即發，阿虎師像是算準時機那樣，緩步從正廳走出。他穿著再平凡不過的白色寬布衣、功夫褲紮腰帶，舉手投足間卻隱隱然有股威嚴。阿虎師穿過人牆，兩手橫胸站定在胡坤面前，不發一語地瞪著他。由於阿虎師的身材足足高了胡坤一顆頭，胡坤不得不抬起頭看向阿虎師，但他的眼神全無懼色，仍然恭敬如初，向阿虎師欠身道：「老師傅好，我是胡坤，今日冒昧來向您求教功夫，還請您多多指點。」

過了幾秒鐘，又像過了幾分鐘那樣久。汗水自李守仁的眉間滑下，滴落鼻頭、下顎，但他不敢伸手去擦。「咱這個庄頭，無教外地人功夫。」阿虎師緩緩開口，聲音乾啞得像火爬過柴木。胡坤沒有答話，只是沉默地站在原地。李守仁尚猶豫著要不要替胡坤翻譯，阿虎師已經轉頭，對著眾人擺擺手說，無代誌矣，今仔日逐家會當轉去歇睏了，後日再來拍拳；並吩咐阿水跟黑面仔下次記得帶開嘴獅跟鑼鼓來。

既然阿虎師都開口了，眾人也不再有什麼留下的理由。阿昇伊大舅騎上鐵馬，二舅把

4 後來才知道，原來是師父前一天晚回家時，便已經在母親的責問下洩漏了這件事。因此隔天一大早，他母親將話傳給習慣晨起散步的阿昇伊大舅，大舅再將話通報給武館師傅，阿虎師家門前才一口氣來了這麼多人排陣助威。

刀、槌橫放在後座綁好，他們各自提起長短家私離去，只留下李守仁和胡坤，仍然尷尬地站在漸漸熾熱的朝陽下，不知道應該說些什麼。

眼看阿虎師就要步回厝內，突然，沒有半點預兆或提醒，胡坤抱拳吸氣，猛地向前進步推出雙掌、蹬腿，並朝旁邊空地踩打。李守仁輕輕驚呼了一聲，阿虎師回過身來，赫然看見胡坤在無風亦無遮蔽的一片空曠之中，獨自打起拳來。

那套路動作不難，亦沒有任何呼喝聲助威，卻在那不起眼的踢腿與探打之間，李守仁發現胡坤每一腳的高度、拳的位置與身法進退，都蘊藏著綿延不絕的勁力，好像每個關節與肌群都埋著可切換速率的馬達。李守仁雙手不自覺地對空比劃起來，似乎身體自然而然地在盤算，如何應接這悠遠如江河不絕的勁頭。

打完一趟之後，胡坤沒有停下動作，馬上又接續打了下一趟拳路。儘管阿虎師依然抱著胸，沒有發出任何聲音，但他視線始終跟著胡坤的拳腳移動。如此片刻有傾，胡坤終於踏步收勢，他直直盯著阿虎師，像是要從伊的眼神中探尋出答案。

半晌，阿虎師終於抽出手來，用力地拍了幾下，似乎是對胡坤的武藝表示認可。胡坤抱拳向伊回禮，以日語說：「不好意思，在老師傅面前真是獻醜了。」李守仁詫異地看向胡坤，阿虎師表情中亦有些驚奇，伊以日語回問：「你怎麼會說日語？」

「之前曾在南滿洲鐵道會社工作過一陣子，學了些簡單的日文。」胡坤說。阿虎師點點頭，似乎對他的應對很是滿意。

接著兩人開始以日語對談起來。李守仁雖然也通曉一點日文，但畢竟沒上過公學校，許多字句都聽得不是很清楚，只知道胡坤一直提到類似交換的字眼，還說到他知道最近在雲林發生的事情，他在這裡可以幫忙「保證大家的安全」之類的話。阿虎師的表情愈發嚴峻，李守仁胡塗地看著兩人，像觀看一部沒有辯士解說的外語電影。最後，兩人都不再說話。阿虎師轉頭看了李守仁一眼，又看了看祠堂以及遠處的稻田，開口說，我知道了，這樣吧，你教我的孫子們識字，我傳給你布雞拳的拳母。

識字？我忍不住打斷師父的話。我說，為什麼會特別請一個賣藥的來教北京話？當時不都應該有小學了嗎？阿仁師說，因為武館的孩子光復前大都是讀公學校，學的都是日本話，國民政府來臺之後，他們多半沒有繼續升學，當然也就沒什麼機會學國語。只有他、他表兄（也就是大頭仔），與他的小表妹三人有到國民學校去上課。所以，雖然胡坤只是一個「王祿仔」，但好歹讀過一點書，能教他們說話認字。阿虎師當時必然是認為學會國語很重要，才特別要求胡坤的——不過我懷疑師父刻意疏漏了一些重要訊息沒說，譬如那「最近在雲林發生的事情」，以致整段故事聽下來反倒有點像是胡坤在脅迫阿虎師。[5] 但師父沒有再多解釋什麼，他只是理所當然地繼續往下講：

阿虎師與胡坤約定的條件有三：第一，是胡坤沒有經過武野館館主同意，日後絕不能將這套布雞拳私傳給其他人，第二，是胡坤亦不能擅自教武野館的弟子們任何外來的武術；最後，每日晨晚，胡坤必須各撥出一點空檔教他的孫子們，也就是李守仁、大頭仔與他一眾堂表兄弟姊妹識字。相對的，阿虎師會傳給他布雞拳的拳母，並會將近虎尾溪旁的一間農舍整理乾淨，供他吃住。胡坤一口應允。

是日下午，胡坤手持三炷香，在阿虎師及同門其他前輩見證下，於西夫子、白鶴先師、布雞先師以及張魁先師共四位祖師的牌位前起誓。這個舉動引起了鄰里厝邊許多議論——畢竟這是自本村建成以來，頭一遭有外地人來向在地師傅學功夫——不少抱持疑慮與戒心的人，譬如阿虎師的大弟子，也就是整個武館的頭腳師仔，更當面與阿虎師爭辯起來，指他是目睭去予蜊仔肉糊著，竟然把祖師爺傳下的武學用來跟外省人作交易，「捌彼幾个字是有啥路用？」大師兄大吼道。李守仁在旁邊與大頭仔你看看我，我看看你，覺得尷尬極了——倒不是同意誰的問題，而是他們並不覺得布雞拳與北京話，是多麼值得為此爭執的事物。

但阿虎師顯然心意已決。他命弟子清理好農舍，孫子們備好紙硯筆墨，並吩咐好練拳的時刻，要第二十世的弟子們（即李守仁這輩的徒弟）跟著胡坤一起把三步理從頭學過。[6]

於是每天早上，公雞剛剛啼叫，頭腦尚糊成一鍋熱糜時，李守仁已經與母親一同用完早膳，繫好功夫腰帶、兩手空空，和大頭仔、阿昇跟胡坤一起，在三合院的庭埕前，聽著阿虎師的指點從腳馬重新蹲起。等基本功架與套路練過一個時辰，李守仁、大頭仔以及他小妹，再走半小時的路程至附近的國民學校，聽浙江來的高老師，用他濃厚的鄉音教課。

沒意外的話，李守仁通常會利用這個時間補眠。如此睡睡醒醒熬到放學，三人一同回到阿虎師家吃完晚餐，李守仁再陪著大頭仔與他小妹、兩個堂姊、一個堂哥、一個表妹，一同練習識字。練習的方式是，胡坤照著阿虎師家中存下的幾份國語讀本，一字一句念給他們聽，他們跟著複誦一遍後，胡坤再講解文章的意思。若還有剩餘一點時間，他們便寫字，描摹讀本上的字形，再拿到隔壁的廂房逐字讀給阿虎師聽。而阿虎師會坐在一張藤編的搖椅上，按停他平時最愛的ラジオ，閉目聆聽筆刮過紙張，還有橡皮擦來回擦拭的聲響，彷彿他也正在腦中勾勒著什麼。

5 謹以此注腳敘明：本故事為作者依據阿仁師口述之歷史刪修、改寫而成，邏輯若有任何不通之處，由作者擔負全責，與阿仁師本人無關。

6 三步理又稱三步擼，為布雞拳的拳母。

四、胡坤

說到底，這一切其實，就和他們平常練功夫沒有太多分別。李守仁想起前幾年，天皇投降，他六歲，國民政府來臺接管臺灣，他父親興奮地在村子廣發中文書報，每天早早結束農忙，便相招厝邊騎鐵馬、一同奔赴西螺參加北京語講習班，回家後再教母親與他說「祖國的語言」。後來甚至把先生請來庄頭，清理舅公家旁廢棄的泥磚屋，鋪上草蓆，權作臨時教室。

親像是三个人做伙去讀冊哩。他們對著密密麻麻的方塊字勉強發音，父親很欣慰地對著母親說，果然囡仔人學物件就是緊。直到虎尾機場的事件發生，村裡幾個熱心加入民軍與自衛隊的拳頭師被軍用卡車一一載走，一時全村氣氛肅慄，家戶緊鎖門窗，不敢與外人多舌，夜間補習才戛然而止。

之後，沒有任何一點徵兆地，父親離家。大人們都說是跑到上海做生意去了，但每當他問及父親的狀況，譬如做什麼生意或者什麼時候返家，卻沒有誰能夠準確地答覆他；就連警察來盤查的時候，大人們的答覆也是吞吞吐吐，搞得警察都氣炸了，將父親的書房攪得一團亂，紙箱裡的雜物四散，書架上的書一冊冊拆開，撒在地上像待點燃的冥紙。

從此他心底大抵有數了，明白自己可能好一段時間都再見不到父親。[7]他亦很快就在阿虎師與母親的嚴管下，理解了囡仔人有耳無喙的道理，上課的時候安靜聽講，練拳的時候眼觀四方，照著師兄的動作與姿勢行拳，即使偶爾心裡有所疑惑，也絕不輕易開口。因為話語會惹事，會使人疼痛——譬如前陣子大頭仔問起隔壁二崙鄉廖醫師的事情，便著著實實地挨了阿虎師一頓好揍。

幸好李守仁還算滿擅長這類事情的。在日復一日的練習下，他的舌根與手肢逐漸習慣了那些字與套路應去的位置。如今，他的國語已經是全庄講得最標準的了。就連胡坤都稱讚他的咬字非常標準。

只可惜字寫得不大正確。胡坤說。出乎意料地，他教起課來竟一點也不馬虎。「你必須像是記下刀槍劍棍的路子那樣，一撇一勾依著順序慢慢比劃，整個字才會漂亮。」

練字的過程既無聊又沉悶。包括李守仁在內，大頭仔及其一眾堂兄弟姊妹都非常不喜歡這段多出的學習時間。他們常常胡亂把功課寫完，交給胡坤就算了事，也不管胡坤的建議便

7「四十年後才在六張犁找著了。」似乎是知道我將發出的提問，師父用平和得像是刀劍未開鋒的語氣說：「是跟著共產黨在雲林的工作小組一起被破獲的。可惜我的舅公跟母親都來不及見到。」

跑往外頭玩捉迷藏或鬥雞。李守仁看胡坤一個人留在客廳的樣子有些寂寞，便留下來繼續讀書。

興許是出於無聊，在只有他與胡坤獨處的這些時間中，胡坤會告訴他許多以前的事，譬如他在大陸的朋友，他在鐵道會社做的工作，以及他跑過的大江南北，風景、氣候、人事與臺灣究竟有多麼不同。他的聲音聽起來是那樣懷念，以致李守仁常常會忍不住想問胡坤，為什麼不留在大陸就好了。但李守仁終究還是沒問出口。他只是記得胡坤黑色的瞳仁裡埋藏著一個巨大的漩渦，就好像要把所有東西都吞捲進去那樣深沉。

奇妙的是，在這些短暫的對話過程中，阿仁師說，他竟感覺到從來沒有在其他人身上獲得過的溫暖。就像「父親」一樣。師父頓了一會後才開口，似乎對這個詞感到非常不好意思。漸漸地，他開始主動跟胡坤分享學校的事，母親的裁縫工作，他舅公阿虎師如何帶領武館等等，而胡坤總是耐心地傾聽他的話語，偶爾在一些細微處謹慎地提問。當胡坤知道他父親「出外經商」的事情，神情肅穆地拍了拍李守仁的肩膀。戰爭時期，大家都不好過。胡坤低低地說。好好讀書吧，以後出人頭地，才能好好照顧家人。那是李守仁第一次聽見胡坤這麼嚴肅地對他說話。

希望孩子好好讀書的也不只胡坤一個。在胡坤開始教他們識字的一週後，某個讀書時間結束後的晚上，李守仁與大頭仔坐在庭埕吹風發呆，大頭仔突然對著李守仁宣布，他長大後要出國留學，然後到臺北做老師。這是得到阿公允許的，大頭仔特別強調。沒意外的話，明年大頭仔小學畢業後，他將會報考西螺初中，成為家中第一個接受中學教育的孫輩。換句話說，他將有機會成為這個村子裡，繼李守仁老爸後知識最淵博的人。

李守仁震驚地看著大頭仔，問你不是不喜歡學北京話嗎？我只是不想跟這個賣藥的學，大頭仔輕蔑地啐了一口，而且他是外省人。外省的只會欺負我們本省的。可是你阿公都同意讓他來教識字了。那是因為聽說他認識很多上面的人。大頭仔故作神祕地湊近他的耳旁。我阿公只是賣他一個面子。

這話你哪裡聽來的？武館的師傅都在講啊，你不知道嗎？胡先生（大頭仔刻意咬著方正的音）以前是南京中央國術館第二屆的畢業生。中央國術館？據說是政府當時為了強健體魄、推廣武術設置的武術學校。裡頭分有武當門和少林門，胡先生是第二屆少林門下的學生。據說有好多大官都是從那學校出來的呢。

這些我都沒聽胡先生說過啊。李守仁呆呆地望著大頭仔，心底油然升起一股被背叛的感覺。這當然不會隨便告訴人了，大頭仔理所當然地說，畢竟他後來跑去賣藥啊。考了國術館卻只能當賣藥的，這誰說得出口呢？

是換拳那天他親自告訴阿公的。大頭仔信誓旦旦地保證。不知道為什麼，李守仁忽然有種索然無味的感覺。識字也好，練拳也罷，他雖然每天都在接觸這些東西，卻好像始終離它們很遠。

他嘆了口氣，問大頭仔拳頭不練了嗎？偶爾練練就好。田呢？武館呢？還有很多人可以做。大頭仔一派自然地說。我阿公講，年輕人遲早都會離開這裡的，畢竟我們這個村子就這麼小。練拳頭無啥物路用，要找一些打拳、做田之外的活，才有機會出人頭地。[8]

你就沒有什麼想做的事嗎？大頭仔問。李守仁欲言又止地看著他，搖了搖頭。如果連阿虎師都覺得練拳頭沒什麼用，那麼或許他也不應再對武術抱有什麼期待了。那天他腳步踉蹌地回到家，母親正專心地踩著縫紉機，只輕輕地對他的出現嗯了一聲。他躡手躡腳走進父親的書房，隨手翻看著小時候生日父親送給他的連環圖本，卻很快就失去了興趣。在警察來過之後，母親幾乎把父親留下的所有東西都燒掉了，包括藏在地板下幾本日文的小冊子，以及父親和他那群朋友的通信。如今李守仁坐在桌子前，竟完全想不起父親的面容，以及伊當時勤於學北京話的原因。他有些傷心地想著胡坤之前告訴他的，在海峽彼端的風景與人事，不知不覺便睡著了。

五、北少林長拳

先生，練功夫到底有什麼意思呢？李守仁忍不住問胡坤。當時他們打完拳，胡坤悠閒地提著個竹竿子，正準備要到溪邊釣魚。胡坤瞇起眼睛看著他，問他今天不用和大頭仔他們去上學嗎？李守仁遲疑了一會，誠實地說他今天不想去學校。胡坤聳了聳肩，把裝滿紅薯與麵粉做的餌食的桶子遞給他，說那陪我去抓魚吧。

太陽暖暖地烤在他們身上，李守仁揹著書包跟在胡坤的後面，走了幾步後終於忍不住問，胡先生，您之前真的是中央國術館畢業的嗎？胡坤不置可否地嗯了一聲，似乎沒怎麼被這個問題嚇到。

在裡面都學些什麼呢？主要當然是練拳，然後也要讀三民主義跟歷史。風輕輕拂過臉頰，他們踩過一片綠意盎然的草地，腳下發出草莖折斷的清脆聲響。我之前在裡面練的主要

8 話說到一半，師父突然打岔問我：「你覺得呢？練武是一件很沒用的事情嗎？」我連忙搖搖頭回應他，說練武可以強身健體，可以當作一種調劑身心的運動，怎麼想都不是沒有用的。阿仁師定定看了我一會兒，說你能夠這樣想，很好。但他並沒有告訴我如今的他又是怎麼想的。

是北少林長拳跟八卦掌，中間也和老師、同學學摔跤跟形意拳。

你剛剛問我練功夫有什麼意思，對吧？嗯。李守仁低著頭，看著自己短短的影子。

其實我一開始也覺得很累、很乏味。說話間，他們已經走過田埂，經過路邊小小的土地公廟，來到蔓草橫生的虎尾溪邊。要不是父親逼著我每天早起紮馬步，踢譚腿，練氣功，我根本也不想學這些功夫。

真的嗎？胡坤點點頭。他們坐定在一個有風、視野遼闊的位置。胡坤氣定神閒地將餌食掛上釣竿，輕巧地把線甩了出去。

有些東西是練了才知道意思。胡坤頓了一頓。要不是小時候有打好底子，我便看不懂長拳的大開大闔與南拳精巧多變的手法之間有什麼差異，也就無法瞭解這世上那麼多種武術各自的精妙之處了。

你不喜歡打拳嗎？胡坤反問。李守仁搖搖頭，說他喜歡。「可是大頭仔說練拳沒什麼用，不能出人頭地。」他長長吁出一口氣，「聽說就連我舅公都這樣講。」

嗯。胡坤專注地看著水面的動靜。遠處農田飛下幾隻白鷺鷥，好奇地張望著他們。畢竟時代不同了。以前還有中央國術館這樣的學校，可以期待學成後撈個一官半職來做做。

那您為什麼沒當官呢？李守仁想都不想便問了出口。問完之後他才驚覺失言。他偷偷瞄了下胡坤的臉色。但胡坤只是握著釣竿，平靜地凝望著遠處。

我原本要到上海的警察學校當教官，教散打和刀法的。胡坤說。不知怎麼突然一時念起，想回東北老鄉見親友，就給戰爭困在那了。只能到日本人經營的鐵道會社去工作。後來就跟著國民黨一路跑到臺灣來了。胡坤搖搖頭。但因為以前在滿洲國的經歷，沒能在軍隊或學校擔任教職，只好在朋友的引介下，加入賣藥團幫忙拉場、做些低賤的工作好賺錢生活。[9]

唉，跟你說這些幹嘛呢。胡坤喃喃道。坦白說，當時的李守仁根本一點也聽不懂胡坤說的是怎樣巨大的時代情景，只知道先生的神情看起來很孤獨，很落寞。於是他竟憑著本能，鼓起勇氣走到了胡坤的旁邊，大聲地對著胡坤說，先生，但您教了我很多字，也告訴了我很多從來沒聽過的故事。我非常感謝您。

胡坤驚訝地看著眼前這位少年——**根據阿仁師的說法，胡坤甚至是「滿噙淚水」地向他**

---

9 這裡是師父少數提供較明確的線索。綜合前面提到的匪諜工作以及雲林發生的事情，我想聽到此處，已經可以確定胡坤與情治單位有所關連。但其具體如何為情治單位工作，又胡坤是否與鍾心寬等白色恐怖事件有所關係，則仍缺乏相關檔案資料敘明。只能在此小記，提供讀者作為背景資料參考。

點了點頭——他深深地吸了一口氣，然後深深地吐出。他放下手上的釣竿，沒頭沒腦地對著李守仁說，這樣吧，既然你都認我是老師了，我便教你北少林長拳裡的幾個基本套路吧。

說完也不等李守仁答應，他抱拳深吸一口氣，抬頭便是一記弓步衝捶。胡坤打得很慢，似乎是刻意要讓他把動作一個個看仔細。直到退步抱肘，胡坤收勢吐氣，對著呆在原地的李守仁說，這是長拳裡面最基本的六合拳。內三合「精、氣、神」外三合「手、眼、身」，二者相合即為六合。胡坤停了一會復又開口。但因為剩下的時間不多了，接下來這幾天我只能先帶你練過幾次套路，你把概念好好記著，之後對你練拳會有很大幫助。

可是我不能跟您學拳啊。李守仁連忙搖手。這是當時舅公跟您說好的。

當時約的是不能擅自教拳，胡坤冷冷地哼了一聲，所以只要你主動向我拜師就成了。

但我不能向您拜師——你不用這麼做。胡坤打斷李守仁。若你心裡過意不去，那就當作是我們兩人換拳吧：我教你北少林長拳，你教我布雞拳。

但您不是已經會了嗎？李守仁心裡這麼想。但胡坤只是揚起了下巴。他的表情似乎在挑釁：學，還是不學？

我幾乎是立刻便作出了決定。師父抿了一口茶，笑著說。

在之後的短短一週內，胡坤將站樁的把式、練習基本腿法的彈腿，以及六合、連步、功力共三套基本拳，一股腦兒通通教給了他。胡坤會一邊示範，一邊講解著長拳根本的拳理。其中許多概念根本是他從前沒想過的，甚至還和布雞拳相互牴觸。

光以基本的馬步來說吧，長拳兩腳之間的間距便比布雞拳的樁步要更寬；此外，長拳也不像布雞拳，會利用呼喝聲幫助發勁，而是更強調在動作的延展間，將力量連綿不絕地打出。所以他剛開始學習六合拳時，胡坤總是提醒，要記得長拳是長橋大馬，大開大合，要他習慣以轉動腰跨的方式帶動拳勁；只是一不注意，早晨跟著練拳時，便會被舅公糾正要注意丹田吐納，並將意念放在上中盤的攻防。

「眼睛要朝向拳打的方向，出拳、踢腿時要時刻懷抱著攻擊的意圖。」胡坤一再提醒，到後來李守仁甚至都會背了：「要記得，每個動作都有它的意義與目標。」

朝我出拳吧。每當李守仁對動作有任何疑問，胡坤便會這麼對著他說。一開始他想應該只是餵招，伸出右拳直直便往胡坤胸膛打去，想不到胡坤竟然不躲也不避，硬生生接下了一拳。你舅公都是這樣教你出拳的嗎？胡坤嘲諷地說。李守仁還來不及反應，胡坤倏地張開手掌，直直壓在他的臉上，一絆一推，將他狠狠摔倒在地。他甚至還來不及感覺到痛，只是愣愣地看著天空，耳邊聽著胡坤冰冷的聲音：「要打，就要抱著殺敵的意念打！」

再來一次。李守仁站起身，汗涔涔地點頭。他重新吸氣，猛力出拳朝胡坤擊發——只是拳才到一半，胡坤已經鬼魅一般轉至他的側面，接著他的手臂被快速抬起、扭轉，壓落的時候他止不住往前傾倒，感覺自己的肩膀像被擰乾的抹布。胡坤拉住他，雙手仍然制著他的手腕與肘關節，「這樣知道鴛鴦雙掌怎麼用了嗎？」

如此來回多次，李守仁慢慢掌握了基本拳的旨趣，也漸漸意識到自己過去學的拳理、技法，原來不過是這個廣闊的武林中、拳頭的「一種」而已。他開始渴望與人對練，不是套好招的那種練習，而是實打實的互攻；但因為不能在其他人面前展示出他所學到的長拳，於是胡坤遂成了他唯一的討教對象。通常他會在三招之內落敗，不是摔得狼狽，就是脖頸、臉面或前胸吃上幾記手刀與拳頭。但他卻為這樣的失敗感到快樂，並感覺自己在一次又一次的嘗試中更接近武術一點。

六、李守仁（2）

這大概便是我喜歡上武術的起點了。師父自己如此總結。話說完之後他坐定原地，心神似乎又飄到了遠處。我只好尷尬而不失禮貌地將他拉回，老師，胡坤後來怎麼樣了？您又是什麼時候才拜韓慶堂先生為師的？但師父好像沒有聽到我的聲音，只是呆呆地望著窗外陰沉的天空。直到我又喊了幾次，他才回過神來，說噢胡先生，沒什麼特別的，他就是這樣離開了。

離開的那天是個與往常無異的陰天。李守仁跟著大頭仔他們去上學，上課的時候瞌睡，下課在操場追趕跑跳，放學的時候獨自走到農舍，胡坤已經站在那裡等候他。他安靜地依著胡坤的指示，做完八大式、踢完譚腿，打了兩趟基本拳後，胡坤看著他，欣慰地說，你現在打拳終於有點樣子了。

出拳吧。胡坤說。李守仁不敢怠慢，呼地一聲，跨一個弓箭步便往胡坤的臉上打過去。那拳才到面前，胡坤避往弱邊，一手扣住李守仁的手腕，另一手壓在他手肘關節處，腰馬輕輕一坐，李守仁瞬間痛得跪在地上。

胡坤說，這叫船夫撐篙，是最基本的擒拿。你要記好了，胡坤將他拉起，手輕輕揉了揉他的關節，擒拿一定要痛，才代表姿勢正確。不痛的動作都是錯的，包括打拳，若不能一招制住別人，便是讓自己多一分危險。

事後想來，那天胡坤說教的時間特別長，語氣也特別用力。但李守仁當時並沒有察覺有什麼不對勁，只是怯懦地提醒，他們差不多該回去吃飯、練字了。胡坤點點頭，說你先過去吧我待會跟上。然後在李守仁轉身就要邁開步伐的那一瞬，他聽見胡坤低低地說，以後記得別再把你父親的事隨便告訴其他人了。

走到阿虎師的三合院，庭埕已經滿是玩樂的孩童。大頭仔遠遠看見李守仁便興奮地大喊，要他趕快回家吃完晚餐過來掟迷藏。李守仁困惑地看看四周，客廳有許多好久不見的村民到訪，阿昇跟他的大舅二舅在旁邊排練陣頭，婆婆媽媽在偏廳打牌說笑。晚上不用讀書了嗎？不用了，大頭仔開心地說，你不知道嗎？胡先生剛剛已經離開村子了。

怎麼可能。他雙腳釘在原地，一時動彈不得。轉頭正想跑回去農舍，阿虎師像早就知道他要做什麼那樣，站在他的面前，溫柔但堅定地抓住了他的肩膀。伊已經過溪走遠囉。阿虎師拍了拍他的背。既然伊已經教會你那些拳頭，就好好共伊記得。按呢就好。我嘛袂去共你計較彼寡代誌。

按呢知無？沉默了半晌，李守仁終於順從地點了點頭。在阿虎師的目視下走回家。阿母。他輕輕喚。母親今天煮了一桌豐盛的菜，就像在慶祝或慰勞誰一樣。他沉默地吃完晚餐，洗完碗筷，拿桶水隨意淋溼身體後，便裸著站在灶腳旁邊發呆。被胡坤擒拿的關節仍隱隱作痛，但他不知道這樣究竟是不是對的。

總之，日子還是得過下去。胡坤離開之後，生活並沒有什麼不一樣。上學，練拳頭，打圈，偶爾幫忙農活。隔年他和大頭仔考上西螺初中，阿虎師不僅買給他們一人一臺鐵馬，還特別辦了場流水席，請了虎尾最出名的總鋪師主持。席間有戲班搬戲、樂隊奏樂，伊甚至在眾人歡呼與鼓譟中，自己下場行了一套剪拳和大、小開門。[10]在一片熱鬧與歡笑中，大頭仔悄悄對李守仁說，你看，大家果然都比較喜歡會讀書的人。

不過李守仁最終還是沒有繼續升學。當大頭仔隨著知識漸長，一步步遠離家鄉時，李守仁選擇留下來同他母親一起種田。**阿仁師說，那是他生命中最靜謐的一段時光，所有事情都理所當然地重複自身，好像沒有任何人事物會變化或衰老一樣，大家都靜靜地停在原本的位置。**

七、阿仁師

「那功夫呢？」我趕緊把主題拉回正軌，那可是最重要的問題。「老師您後來還是有在持續練習布雞拳吧？」

「有是有，」我的師父頓了一下，有點艱難地嚥了口水，「但我後來也只多學了一套合

10 布雞拳一百零八套中的拳法。

仔拳。我的舅公並沒有再多傳給我其他套拳路。」

我耐心等待師父繼續往下說，他不疾不徐地拿起杯子，將半杯熱茶慢慢啜盡才開口：「就像他常常說的，學拳不用多，拳母練好就很夠用。所以許多進階拳路伊都只傳輩分比較高的弟子，簡單說，就是將來很可能會承接武野館的拳頭師。」

「他當然不是偏心或怎樣。而是所有布雞拳中重要的腳馬、手肢和攻防觀念，都在拳母中展現得淋漓盡致了。他係深知布雞拳的拳理，明白習武的人容易被繁多的套路所迷惑，所以才把那些拳路更多當作是一種傳承，而不是必要的練習。」

「可是他忘記了，當初也正是他的默許，我才接觸到了不同的武術系統，學得了與布雞拳全然不一樣的觀念與動作。所以，難免會想去其他地方看看外面的功夫，和其他人掛肢盤手，試試自己的拳頭練得對還是不對吧？」後面這個問句少了主詞。我思索了一會，終於小心翼翼地開口問師父：「所以，當時有其他同輩的弟子，決定離開村子到外頭闖蕩嗎？」

「喔，沒有。是有很多年輕人離開，但跟武術一點關係也沒有。」阿仁師笑了起來，好像我問了什麼外行的問題一樣。我尷尬地笑了笑，仍然鍥而不捨地追問下去，「那老師您是因為想見識其他功夫，才決定離開家鄉的嗎？」

「不是，不是。我只是跟著隔壁村的年輕人，一起約好到大城市打拚賺錢。」阿仁師又笑了，但這次我可笑不太出來。我開始懷疑，剛剛所講的一切故事與師父往後的人生之間，是否根本不存在任何有效的交涉與影響。

「留在村子沒前途啊。我的舅公，我的阿母，都不想我像他們一樣一輩子務農，或者就只是在這個鄉下地方打拳頭。所以，他們都希望像我這種有讀過書的年輕人趕快出去打拚，不要顧慮他們……」

後面就是常見的城鄉移動敘事了。我心不在焉地敷衍著師父，腦中快速盤點著剛剛獲得的材料。這樣足夠撐起一部「人物小說」嗎？這些內容真的能夠讓人理解，阿仁師之所以為臺灣武術傳奇的起源嗎？一時間我的思緒混亂不已，直到師父他提到了韓慶堂的名字，我才回過神來，重新專注在師父的敘述之中。

……那時有許多人在新公園裡打拳頭。各式各樣的兵器、對練，還有套路。我走在這樣一個幾乎可以說是練武聖地的地方，卻沒有任何一點練拳的欲望。因為平時我白天都在工地工作，晚上還兼職幫忙顧麵店，等到忙完早已經十一、二點了，根本沒有力氣再打拳，回去工寮沖個澡就倒頭大睡，隔天起床又是一連串的工作等著我。

這樣的生活過了半年，我每個月固定寄生活費回家，在信上面告訴親人自己過得很好，卻不曉得媽媽跟舅公他們讀不讀得懂。有時也感到很困惑，自己過去所學的、練習的那些事情，到底是為了什麼。

直到有一天早晨，我走過新公園，親見一群人在中廣塔臺後面的空地，整齊劃一地打著六合拳。我站在不遠的位置看著他們，一邊在心底暗暗比對了動作，確定這就是胡先生教我的那些套路。隔天、後天、大後天，我推掉了工頭介紹的工班，整個早上坐在那邊便只是看他們踢腿、練拳。

然後他們的師父發現了我。他對我招招手，我遲疑一會便走了過去。你大概也猜到了，那就是韓慶堂老師。他親切地問我有沒有練過掛子，是不是對國術感興趣，我緊張地看著老師的眼睛，一句話也說不出口，只能一直傻傻地點頭。

「這樣吧，」他說，「我們都是早上七點固定在這練拳，你若有興趣，明天穿好合適的衣褲就過來吧。」

隔日早上我提早來到練習場，看見韓老師已經在那熱身。他見到我很開心，先領我鬆開筋骨，然後問了我的名字和出身背景。我告訴他我叫李守仁，是從雲林來的，他噢了一聲，說他難得見到有本島人對國術有興趣。我告訴他，其實我們全村的人都會打拳。這樣啊，他微微笑了一笑，似乎對我村子的拳沒有半點興趣。

我先帶你鬆肩遛腿吧，待會教你八大式。韓老師說。不知道為什麼，那一刻我突然靈光一現，想起胡坤初次見到我舅公的場景。於是我抱拳吸氣，弓步衝捶、左通炮拳、右劈華山，在韓老師面前一招招地演示下去。韓老師驚奇地看著我打完三套基本拳，問你是跟誰學的？我這才向他坦承：我曾經與一名叫胡坤的人學過拳。

我原本期待著韓老師會非常驚訝地告訴我，他和胡坤是舊識，曾經一起在同個師門下練過拳，或曾經在哪聽過這個名字。但出乎意料地，韓老師僅僅是冷淡地回：我沒聽過這個人。

我呆呆地看著韓老師。我說，可是胡先生也是練北少林長拳的。韓老師皺眉說，北少林長拳是常見的拳術，學功夫的人多少都碰過一點長拳。我沒灰心，繼續把我知道的資訊搬出來：胡先生曾經待過南滿洲鐵道會社、跟著承天堂武術賣藥團賣藥、是南京中央國術館第二屆的畢業生，最後那個訊息似乎觸動了韓老師。他瞇起眼睛，說他當年是中央國術館初屆的狀元，但他從來沒聽過或見過胡坤這個人。

什麼？我停下筆記，困惑地看著師父。他微笑，張口正要發話，卻突然劇烈地咳嗽起來。我連忙為他斟了杯水，從他的包裡取出藥散。天色漸暗，觀景用的大片落地窗外，高樓紛紛亮起了霓虹。師父的呼吸逐漸平緩下來。我問師父，您的身體狀況如何，若是不舒服的話，我們可以另約時間再聊。但他只是擺了擺手，示意要我等他一會兒。我們便這樣坐著，聽完了店內播放的半首歌，師父才重新開口，問我知不知道他的師父，也就是韓慶堂師爺，後來跟他說了些什麼？

「說了些什麼？」我問。

「他說，你剛剛這拳打得不對，許多動作都錯得一塌糊塗。」阿仁師他模仿自己師父當年略顯困窘的語調，大笑起來，忍不住又咳了幾下。我遞過衛生紙，他擦了擦嘴角，苦笑說唉這身體畢竟還是有練不到的地方。

「對不起，我不是很明白，」等師父呼吸平復過來，我才敢再提問：「為什麼錯了？」

「因為全是錯的。」阿仁師垂眉苦笑：「我知道的關於胡坤這個人的一切資訊，都是錯的。根本沒有一個中央國術館畢業、在鐵道會社工作，後來跟著戰爭跑到臺灣的胡坤。」

可是他確實是跟著賣藥團來到您住的村子的？

對，但賣藥團裡的人來來去去，除了領頭的那位趙爺，其他人根本沒在國術界留下過什麼名聲。

那麼意思是，他教給您的也根本不是正統的北少林長拳了？

「不，那倒不是。他教的確實是北少林長拳。」師父說：「但因為我只練過一兩個禮拜的套路而已，隨著時間拉長，難免會因為自己對武術的錯誤理解，養成了不對的習慣。[11]所以在韓慶堂師父的眼中，我打的拳乍看雖然有個樣子，仔細檢視卻漏洞百出。」

但我沒有因此埋怨或憎恨胡坤。[12]似乎是看我忙著塗改，師父定定地看著我，迫使我不得不抬起頭來迎向他如火炬一般的眼神。相反的，我很感謝他。無論他究竟叫什麼名字，在哪邊做著什麼樣的工作，對我來說，他確確實實地打開了我對武術的視野。

我點點頭，附和地說，我想我明白您的意思。

但師父並沒有再多講什麼，他只是端坐在原處等待我，等待下一個問題勾起他的回憶，幫助他從雜訊般繁多的畫面中擷取出意義的片段。我於是接著往後面的故事問下去：正式拜師，經老師引介後就讀警察學校，當了幾年警官，然後前往菲律賓教授拳術……師父用再平淡不過的語調簡述完他傳奇的一生，用伊笑笑的眼睛看著我，說之後的事情我應該都讀過了，再講也沒意思了吧。他滿足地嘆了口氣，甩了甩手，好像剛剛才行過一套拳。

---

11 不知道是不是我多想了，我總覺得師父這段話是刻意說給我聽的。這幾年疏於練習，進階套路幾乎一個也記不得的我，偶爾會趁著工作的空檔把玩幾個拳路以為運動，卻沒想過自己會不會因此，反而離武術愈來愈遠。

12 原本始終尊稱「胡坤」為先生的阿仁師，此刻終於改口。

「對不起，再讓我問最後一個問題就好。」我把筆記本收起，坐直身子等候最後的答案：「為什麼您以前始終不肯講述自己年輕時候的經歷呢？」

「因為我不覺得自己年輕時候的經歷有什麼好講的。」阿仁師眨眨眼，「都是一些瑣事，沒什麼意思。」

見我一臉疑惑的表情，阿仁師苦笑了一下，才又開口：「我不想給人誤會。」

「什麼誤會？」

「我不想讓別人感覺，我是為了求得更好的功夫，才拋棄了我父親和舅公教給我的拳。好像他們的東西是不好的、次等的一樣。」

「可是，」我思索了一會，「您並沒有拋下他們教你的功夫吧。」話一說出口，我才想到我確實沒在任何公開場合中看過師父表演布雞拳；更準確地說，是從來沒有人知道阿仁師會這門武術。

「問題不在有或者沒有，」師父看著自己手中握住的茶杯，緩緩地說：「而是我心底明白，自己確實是落下了這門功夫。」

我安靜地看著師父，想像著他說的「落下」，究竟是一種怎樣的墜落。

「他們，我的親人們，都對我感到很失望。」師父頓了頓，「因為我不僅擅自拜了其他人為師，還跑去當了警察。」

「嗯。」我一時間竟不知道應該如何回應。

「不過這些都過去了。」師父的聲調聽起來有些冷漠：「大家都老了、死了，就是放不下的也必須放下了。」

這次我沒有再多問師父，他口中的放下究竟指的是什麼；是關於胡坤、阿虎師、他父親，抑或是他自己。因為那並不是這部小說打算處理的題目。況且我的心底亦隱隱約約明白，即使我問了，師父也不會回答我。畢竟，師父的人生實在太過漫長了——即使要回答一個問題，都得把自己的生命拆成一節一節，好像套路那樣重新磨練、複述，才得以將他的記憶與實際發生的歷史稍稍拉近。

何況，我的師父阿仁師，是一位精通南北拳術的名家，是武林（如果還存在的話）中公認最後一位，足以被稱作泰斗甚至傳奇的人物。所以他的人生亦必須是一篇高潮迭起的史詩，一部不容有任何多餘雜質的英雄小說。這是我與出版社編輯小如之間共享的默契：我們願意代表整個武林，等待阿仁師將剩餘那些沒說的、錯認的、難言的，重新編組成差異而光榮的故事——

時間已經晚了。我走至櫃檯買單，回到座位時發現師父的臉倏忽又老了許多。他微閉雙眼，看上去似乎非常疲倦。老師，我輕聲喚他，老師您還好嗎？他睜開眼睛，彷彿第一次見到這個世界一般，身體縮了一下。他說還好，還好。給我一點時間，我調個氣就沒事了。於是他站起身來，旁若無人地鬆肩落跨，馬步微蹲、雙手輕抬，運氣繞轉全身經脈一個周天，口中荷荷吐納有聲，直到整個店的客人都側目注視。他們或坐在座椅上，或靠在觀景窗旁遠遠地看他，彷彿那是場餘興節目，遂零零落落地拍起手來。

致親愛的讀者

首先，要謝謝我的姊姊，帶我認識了什麼是文學，儘管在那之後我的作文就再也沒拿過高分了；也要謝謝我的姊夫，給了我故事的雛型，讓我知道說好一個故事，是討取他人關愛的最佳方法。然後，謝謝這本書的主角，阿仁師、我的師父，願意大方地讓渡自己的生命經驗，成就我的作品。

謝謝編輯小如姊、謝謝讀者、謝謝頒給我年度大獎的評審，雖然這樣講有點不恰當，謝謝你們比我更愛這部作品。當然，我也想要感謝我自己，一路走來，不卑不亢。

最後，查理，這本小說終於與你無關了。我但願自己不乏靈感，一輩子都不必再寫關於你的任何一篇小說。

——（沒被採用的）文學獎得獎致詞

沒想過會在那麼多年以後再遇見你，查理。那時頒獎典禮剛剛結束，我從冷氣強烈的酒店大廳走進炙熱的秋季。陽光耀眼，人頭攢動，我跟在替我寫了三次推薦序的前輩作家身後，聽他與同行討論著近幾年紙本書市的回暖，一邊百無聊賴地張望許久不見的西門町。燈號轉換，人流緩緩停塞在路口。突然一雙目光望向我，我發現你站在路口的對側，壓在帽簷下的眼睛滿是驚愕。

我沒想過能夠見到你三十歲後的模樣。想起來，那應該與你在大學時的長相差不了太多：舒朗的眉眼，寬厚的肩膀，一樣俐落的髮型，只是染了褐色，眉毛與下顎有新的傷口，前額與雙頰可能還多了一些紋路與陰影。我希望我沒有看漏什麼變化，畢竟這很可能是我下個十年內，唯一擁有關於你的記憶了。我拿起手機，遠遠朝你的方向拍了一張照片。畫面裡你半邊臉被站在前面的行人遮擋，另外一隻眼睛卻直直看著鏡頭。或許你其實知道我在拍你。查理，我真希望自己能像過去那樣，輕巧按下分享鍵，讓你清楚看見我眼中你的模樣。紅燈之後又綠燈，你露出在褲管外側的腳，牢牢釘在地上像一棵樹。我不忍心再回頭見你，只好假意詢問聚餐地點，快步走至行伍前方與其他不認識的作家攀談。

但我仍舊不斷回頭。我擔心你悄悄跟了上來。我聽不清楚旁邊的人在聊些什麼。我甚至沒有辦法專心走路。不知在第幾個紅燈時，我撞到這屆拿下新人獎的作家，連忙低下頭向她道歉。倒是她非常熱切地跟我打了招呼，說她是我的超級粉絲，「我獲得的第一個文學獎，就是模仿老師您的風格呢！」她說得那樣大方，我只能不好意思地回笑幾聲。是這樣啊。從出版無人聞問的第一本書，到現在獲得年度文學大獎的肯定，原來我也是足以被辨識出風格的人物了。

「我非常喜歡老師您這本書，」那位新人作家興高采烈地繼續講著，「您嘗試以非虛構的方式杜撰阿仁師的生命經驗，讓每一次對他訪談話語的引用，都成了對倫理邊界的一次挑戰。是一部非常具有開創性的作品。」

啊總之，我只是想要表達老師您這部作品給我了許多啟發。似乎是意識到自己的評語，確實逾越了某條長幼尊卑的邊界，新人作家慌亂地搖手。我本來想安撫她，告訴她，其實她說得很好，甚至比我寫的內容要好得多了；但想了想，當我這樣說話的時候，或許只是反過來確證了界限本身的存在。所以我僅僅是溫和地對她笑了笑，說非常謝謝妳喜歡讀我的小說。

查理，不知道你有沒有看過我的新書？對我描寫的師父，會感到贊同或者困惑？當時我原本也打算寄書過去給你的，只是不確定你是否仍住在公園附近、仍然每天清晨起床，換上排汗衫與功夫褲，紮好腰帶，在第一班公車剛剛起步之時，對著跳早操、練太極的歐吉桑歐巴桑，暖身踢腿蹲八大式。我還記得自己出版第一本書，是懷著怎樣興奮與期待的心情，在書的扉頁簽上名字與祝福，慎重地裝進信封袋裡，寄出至你服役的單位。你回信給我，說你很喜歡。

我跟著眾人一同走進濟南路上新開的臺菜餐廳，坐在外側靠走道的位置，幫忙點單、端水、上菜。我的編輯小如姊推了推我的肩膀，開玩笑說得到大獎的人應該坐主位請其他人服務就好吧。我說搞不好之後就沒有服務的機會了所以還是趁現在把握一下吧。談笑間我感覺到手機震動。拿起來，是你的訊息。你問我在忙嗎，難得上來臺北晚上要不要一起吃個飯。

你果然也看見我了。我看著手機。或許是看得太久了，突然聽到飯桌上某位前輩作家喊了我的名字。我抬起頭，發現大家的目光都集中到我身上。

我頓時有些惶恐，不知道他們到底在期待些什麼。然後前輩站起身來，故意用眾人聽得見的聲音嘟囔，好啦你不敬只好讓前幾屆得到大獎的我來幫你敬酒了……眾人才轟笑起來，一齊舉起手邊的玻璃杯。我慌忙向前輩與在座的眾作家道歉。前輩眨了眨眼睛，狡黠地笑了一下，說沒事只是尋你開心而已。

唉虧你小說寫得那麼風趣，怎麼平常一點幽默感都沒有呢。前輩又說。

「這真的只是誤會，」我刻意用莊嚴的語調回，「認識我的人都知道我是一個多麼幽默的人。」但即使直到那一刻，我想到的證人仍然都是你。總之大夥都釋懷（或者善意）地笑了。前輩也終於放過我，坐下來開始講古，說他記得第一次認識我是在某次地方文學獎的頒獎典禮。那屆得獎名單上的人後來都成了他們這個世代的新銳作家啦，前輩一邊咀嚼一邊含糊地說，他（朝我的方向擺了擺下巴）算是比較晚才被看見的。

其實他第一本書就寫得不錯了，只可惜敘事位置踩得不好，總是三不五時就要提那場火。前輩似乎起了興致，把他當年私下給我的建議，全部毫無保留地公布出來。但說實在的那場火也不是多嚴重或者多特別嘛（幾個比較敏感的人偷偷瞧了我一眼）……所以當時我才跟他講，寫小說的時候要盡可能跟你筆下的故事和人物拉開距離。為什麼要這樣？因為唯有先自我疏離了，創作者才可能更細密地去拆解、裝配那些早已經被前人運用過的話語，並且找到一個重新述說的方法。

明白我的意思嗎——前輩突然又對著我說起話來——最好的作品永遠是離遠自身時寫成的。你這本《阿仁師傳奇》就是有抓到一個不一樣的施力點。不錯，很不錯。似乎是想不到什麼更恰當的評語了，前輩他舉杯對我敬酒作為收尾。不知道誰莫名鼓起掌來，大家不明就裡地跟著拍手。我起身抱拳向眾人施禮，但好像沒有人意識到這是諧擬小說的情節。一切遂突然變得有些低級。我坐下來，低聲告訴小如姊說我身體有點不舒服。她問我還好嗎，我說沒事，我只是需要到外面呼吸一下空氣。

我裝作接電話，緊捏著沒有誰撥來的手機離席，走進對側騎樓的陰影之中。我看了看聚會的餐廳，又看了看路遙遠的另一端，終於，伸出手指，撥了通電話給你。第一聲，第二聲，我本來打算如果到第四聲還沒接的話，我就不要再聯絡你了；結果到第三聲的時候，我便因為膽怯而自己先掛上了電話。到底我還是一個優柔寡斷的人，一如既往。我對著空無一人的走道搖頭苦笑，彷彿眼前有臺攝影機正對著我拍攝紀錄片那樣，點起了菸。如果這時候被熱心的民眾看到並且檢舉，那就會是一篇非常具有黑色幽默潛力的散文了。我心想。其實我也不知道自己在期待什麼。每一次，當我不自覺地以一種外部的眼光看待我自己，我都會希望自己真的是某部戲的主角。因為當我知道將有其他可能的觀眾、目睹這種種荒謬或悲慘的經歷時，我便會覺得一切仍足堪忍受。

所以說起來，我其實是一個滿自戀的人。我透過想像鏡頭，想像一個無人稱的視角，來成全自己的形象。我是這樣熬過你不在的這段日子的。也唯有這樣，我才可以在與我無關的書寫中，悄悄安放自己的種種不堪。

但你大概不會對這樣瑣碎的心事有興趣吧。沒有被任何人打攪，我安靜地抽完一根菸。準備穿越馬路時，手機終於響起。我知道是你，所以我盡可能鎮定了呼吸之後才接起。喂。我們兩人同時發聲，再同時陷入沉默。等了幾秒鐘，你先開口了，說你剛剛在運動沒聽到鈴聲，問我找你幹嘛。

這麼早就在運動啊？我岔開話題，或許是心裡仍然在抗拒邀約。你頓了一頓，說對啊下個月過磅，要盡早開始調整體重了。

「這樣還能跟我吃飯嗎，會不會影響你安排好的菜單跟時程？」

「不會啦，」你爽朗的笑聲鑽進我的耳孔，「只是一兩餐而已，不會差那麼多的。」

我嗯了一聲，努力壓平自己的聲調，問那麼我們要約哪。

「去我們以前常去的熱炒店怎麼樣？」

「好啊。」我猶豫了一會，終於還是開口：「距離晚餐還有一段時間，要不要先見個面？」

「當然你有事就算了。」我連忙補上。「我只是……」

「你在哪裡？」你打斷我。

十幾分鐘之後，你開車來到我的面前，搖下車窗。你誇張地挑了挑眉，要我上車。我打開車門，後方座椅上凌亂地堆放著外套與包包，中間還倒臥著幾隻玩偶。橘子味的擴香充盈著車內，與你身體的氣味揉雜為一股奇異的甜。這是我第一次坐你的車，所以對我來說一切都是新的，包括你在後視鏡中的模樣。你抬起頭，似乎發現了我在看些什麼。我們隔著後視鏡對望。我看著鏡像中你的眼睛，閒話一般輕鬆地問，「這臺車什麼時候買的？」

「前年。朋友轉賣給我的。」你比了一下儀表板，但我其實看不到上頭的里程數。「初代的電動汽車，還不錯開，就是電力耗得很快。」

「之前那臺一二五呢？」

「還在，只是比較少騎了。現在上下班都開車。」

「你該不會還在之前那間麵店打工吧？」

「沒有，那邊我五年前就沒做了。」你笑了一下，「你得更新一下資訊了。」

「那你現在在哪工作，幫我更新一下吧。」我說。

「我在車站附近開了間專練傳統武術的格鬥教室，主要就是把八極、形意和長拳的觀念與技法，應用在綜合格鬥上。」

「那很好啊，我猜師父一定也會很高興的。」雖然我其實根本不在意師父怎麼想。查理，我只是由衷為你開心。我還記得畢業前那段時間，你一面打工存錢一面打比賽，下班之後重訓，重訓之餘要練拳也要到格鬥教室練對打，期間因為過勞被送過急診兩次。我沒有錢，不知道應該怎麼幫你，只能有空時替你按揑肩頸，揉壓穴道，並配合你的減脂菜單，用我每個月存餘的一點薪水，水煮一些沒什麼味道的食物。

當時我正為了我第一本書的出版焦頭爛額，反覆修改著幾篇不怎麼樣的故事。編輯鼓勵我說愈改愈好了，我卻愈來愈不知道自己在寫些什麼，只能從你一天一點的進步中偷取一些成就感。然後你在某場業餘輕量級的賽事中贏下季軍，這是你第一次獲得名次，可能也是頭一遭，有人以「北少林長拳」在綜合格鬥的賽場上打出了實績。我高興得簡直像是自己得了什麼文學大獎。

說起來很慚愧，但每當我身邊的朋友取得一些成果，我總是會忍不住在寄發祝賀的同時，注意到自己的失敗，並為此感覺到一種深沉的妒忌。唯有你，我是真心誠意，童叟無欺，願望你打遍天下無敵手，成為拳王、成為格鬥界的冠軍，在沒有止盡的修練裡找到一點快樂。

「對了，說到這個，還沒來得及跟你恭喜呢，」我想起來，對你拱了拱手，「去年東亞MMA錦標賽的亞軍，『長拳查理』，這名號很紅啊。」

你開懷大笑，擺擺手說這名字取得真他媽蠢。每次出場介紹，聽主持人在那拖長音大喊「長、拳、查——理——」的時候，你都疑心臺下一直有人在偷笑。

但你是在推廣傳統武術啊，我打趣著說，責任重大，犧牲一下還好吧。你勉強露出笑容，頓了一會之後才說，其實你只是想證明長拳也是能打的而已。我嗯了一聲，不知道要回些什麼。我沒想到那麼多年過去了，你已經贏下了無數座獎盃與榮耀，卻仍然需要向他人索討認可。

「那換我恭喜你得獎了。」你打破尷尬，不知從什麼地方翻出了我的新書，笑嘻嘻地交遞到我的手上，「可不可以請大作家幫我簽名？」

「這是剛剛才買的吧？」我忍不住笑了，指著書腰，上頭且注記著我下個月在臺灣文學館的演講，顯然是新版。

「這本是為了給你簽名才買的。」你一臉認真地解釋，「還有一本放在家裡，那本才是拿來翻的。」

「你什麼時候那麼愛紙本書了？」

「畢竟是你的作品嘛。」你看著我一筆一畫寫下自己的名字，押上日期，忍不住埋怨，問我為什麼沒有留些特別的語句給他。我現在還沒想到要寫什麼，我心虛地說，等我有靈感再補給你好了。

好吧。你點點頭，放下手煞車，說要帶我去學校附近晃晃。

「那裡變了很多。」你一手扶著方向盤，一手不經意地搭在我的腿邊，說學校又多蓋了幾間新校舍。校門口前的食街拓寬，以前常去的幾間店都關門了，橋邊的民宅且整建成高樓，「你看到一定會很驚訝的。」你這麼說。我附和地點了點頭。其實去年我才剛到中文系演講過一次，講的題目甚至是：「如何先發於經驗卻不後制於經驗：從武術到書寫」所以該感慨的、應憑弔的人事物，早已經在言談與問答中講過一輪了，包括你。在我的演講中，你是以國術社最後一位社長的名號出現的。我告訴臺下為了國文通識課點名，才勉強來到現場的觀眾說，你就是最近在臺灣格鬥界很出名的「長拳查理」，結果沒有任何反應。他們像是第一次聽到這個外號，用微妙的表情看著我，彷彿在說這到底是什麼奇怪的名字。

但我沒有向你說破。我猜想，你希望的只是我陪你重新踏訪舊地，尋掇那些被棄置的記憶與時間；對於這個地方後來變得怎樣，你其實並不是真的那麼在意。

你把車停在捷運站旁的停車場。我們沿著河堤往學校走。父母帶著孩子練習腳踏車，在空地上繞圈。少年少女牽著大狗慢跑，旁邊有人在拉扯風箏。也看見歐吉桑專心地操作著手上的遙控飛機，像是在複習自己年輕時的夢想。飛機華麗地在空中翻滾旋轉，上升下降，我走在你的旁邊，感覺世界變得很慢很慢很慢。

聽你說過，看著對手的拳將要打到自己身上的時候，也會覺得一切變得像是慢速播放的動作一樣；就是說，你知道自己會被擊中，但你能做的只是等待它發生。

那怎麼辦？我問。你笑著說沒怎麼辦，就是享受那個預知的瞬間，然後乖乖挨打。但那怎麼能算是享受呢？雖然知道你只是在開玩笑，我還是忍不住抗議。你思索了一下，說那畢竟只是一瞬間發生的事，所以你其實也很難判定自己當下究竟是一種怎樣的情緒。

現在我知道了。看著事物依其軌跡慢慢地運行，數著我們的腳步，讓景物緩緩晃過我的耳畔，這一切既不讓我悲傷，也不令我快樂。我只是，像站在我自己的外邊，安靜目睹著世界實現著自身的藍圖。

「你記得我們之前假日都會約在這裡練拳嗎？」你指著高架橋下的一塊空地。我點點頭，說當然記得，那時我們都要跟滑板社的人搶地盤，後來練跑酷的、跳舞的跟呼麻的也都來參一腳，我們只好齊步踢腿打拳，舞刀弄劍，靠氣勢和呼聲把他們逼出我們練習的空間。

那大概是國術社人最多的時候吧？你問。我想了想，說如果是從你入社以來算的話，沒錯。你邊笑邊嘆氣，說唉講得好像都是我帶衰一樣。我說，話也不能這樣講啦，大學生會想加入武術社團的本來就是少數吧？

「那你當時為什麼會想來練拳？」你問。我們走過一個小小的彎道，準備上橋。迎面有一隊小男孩騎滑板車，呼喝著準備從牽引道上一路滑下。我們決定讓他們先過，便找了附近的長椅坐下。溪水被傾斜的陽光暈黃，天空有一群鴿子飛過。有人在岸邊釣魚，正專心地繫著魚鉤。這裡整治得很不錯啊。我說。你點點頭，瞇起眼睛，說這可能是唯一會讓你感到開心的變化了。

「我之前不是跟你講過原因了嗎，」我心不在焉地摩挲著自己的手指，「就只是上大學想要讓自己接觸一些過去完全沒接觸過的事物。」

「那你幹嘛不挑熱舞社或天文社之類的社團參加？」

「畢竟以前讀很多金庸跟古龍，多少還是對武俠抱有比較多幻想吧。」我說，「覺得練起來之後比較酷，走在路上可以比較囂俳一點。」

「哈哈，好像很多人都是這樣。」你笑了一下。我忍不住想，如果這時候有攝影機正對著我們拍攝，一定會是顆唯美的純愛電影鏡頭。「那時候《葉問》當紅，還有人真的以為學完之後可以一個打十個咧。」

「那不是應該去練詠春嗎？」說完我們都笑了起來。那時候來練拳的多半都是外國人，不知是受到李小龍還是成龍影響，都對功夫抱持著奇怪的想像，但通常練不到幾個禮拜便會受不了基本動作的枯燥而退出。後來師父甚至還特別叮囑我，要我千萬不要再讓外國人入社。結果就是再也沒有新生加入社團了，除了小我一屆的查理。

「我記得當時你說你參加國術社的原因，也是想嘗試看看各種不同的活動，對吧？」我問。

「嗯，跟你的理由差不多。」你聳聳肩，「但我本來以為自己只是三分鐘熱度，學一兩個學期就算了。沒想到一練就到了現在。」

「應該有十年了吧？」

「十三年了。」

「中間都沒想過放棄嗎？」

「有過幾次。」你平靜地說，「最嚴重的一次是和你分開後那陣子。我看到功夫褲就會暈眩症發作，整個人連基本的馬步都站不穩。」

「查理。」我被沒預料到的回答弄得有些不知所措。你撐著大腿站起，伸了個懶腰。

「走吧我們去看看母校。」

越過短短的橋，我們走到食街上。拓寬的路面確實讓這裡看起來像座大學城了。你感嘆，一邊沿著騎樓，對我細數那些業已消失的店家。幸好你愛喝的飲料店仍在，你點了一杯綠豆沙牛奶，等候的期間悄悄在我耳邊說，現在這個是當年老闆再婚對象的兒子。我驚訝於你廣博的資訊，你謙虛地說哪裡哪裡，都是學生八卦告訴我的。

聽起來你們經營得不錯啊，還有大學生願意加入。我說。這時我們已經走到校門口了。週末的午後，大學生零落漫走，校園有些空蕩。我們走在數年如一日的石子路上，你說大概只有這裡是不變的。可能吧。我們走過校館與黑板樹，來到我們往日社課練習的場地。那是在網球場後邊一方小小的空地，晚上練習時，路燈與網球場的燈會照映得非常明亮，可以清楚看見每一個動作的影子。你走到場地中央，說你那時候練拳練累的時候，都會盯著網球隊的人練習，看著一些人對著牆壁來回擊打著球，或者一群人擠在同一個場地對練；你就會覺得好過一點，想其實每一項活動練起來都是這麼單調。

「原來你也有覺得無聊的時候啊。」我有些驚訝地說。那當然了，你不會以為我從一開始就是個武術狂熱者吧。你笑著回。但我是真的這麼想，畢竟我從來沒聽你抱怨過練習啊，何況你還在加入社團的第二個學年，剛剛學完基礎套路與埋伏拳，就做了一個過去學長姊都未敢挑戰過的決定，那就是報名參加國術錦標賽的散打組。

嗯，你頓了一下，說其實那時候你只是想知道自己學的東西，到底有沒有用，「我的想法很單純，如果我練的這些套路不能打，那學拳也沒什麼意義了吧？」說得好容易，但親見你站上沒有前輩站上過的擂臺，腳踩玄機式，雙拳微握分前後固守中路，沉肩墜肘、目放精光，仍然讓我緊張得心臟像是要跳出喉嚨。或許是因為我雖然比你早學了幾年，多會了幾個套路，卻始終沒有結結實實地打過誰。

看著你勇敢近身換拳，與對手一來一往地互毆，不知道為什麼，我腦中浮現的第一個念頭竟然是：我其實是有能力可以傷害一個人的。這讓我感到有些害怕，因為我從來沒想過學拳是為了殺敵、防身還是什麼。是你讓我意識到了，原來傷害一個人是這麼容易的事。

「總之，那次錦標賽你不是奪了冠軍嗎，」我接著說，「隔天就有很多武術社團傳訊息到我們粉專，問我們平常社課是怎麼練習的。」

「那你怎麼回？」

「我就說，那都是個人修行成果，與本社無關。」你哈哈大笑，說這倒是真的，那時候我報名參加散打，師父還很不開心呢，說我學了兩年就想參加比賽，是本末倒置。

「我記得你還因此跟師父吵了一架。」

「對，我就在社課上當面問他，不打怎麼會知道自己哪裡不足？如果學拳不是拿來打的，那是要學來幹嘛？」

「結果師父怎麼回你的？我有點忘了。」

「我記得他是說，學拳是為了打沒錯，但不是為了打比賽。這兩者不能一概而論。」

「你一定覺得師父在胡說八道吧。」

「那時候是這樣。」你突然左手採掌劃圈，右手順著呼吸吐納緩緩推掌。「但後來想想，我覺得師父說得也沒錯。」

「什麼意思？」

「師父從來沒有把練拳這件事想成是要贏過誰。」你站直身子，長吁了一口氣：「武術是武術，競技是競技，我猜他想告訴我的只是這件事。」

「我沒想過你居然會那麼認真地去琢磨師父的話。」

「去你的。」你笑了，「我一直都很尊敬師父啊。」

對了，你書裡不是也有提到嗎，說師父終其一生，其實不斷思索著武術在時間中的意義。突然你靈光一現，想起了我新作中的片段。我困窘地嗯了一聲，不知道應該如何回應你。

「我最近一直在想以前師父試著告訴我的那些觀念。」你認真地說，「其實我根本就沒想過武術應該要有什麼意義。但因為你出的這本書，我覺得我開始有比較理解師父的想法了。」

不愧是大作家啊。你開玩笑地說。我尷尬地看著地面，不知道應該裝作感動還是向你坦承：查理，其實我一點都不喜歡這本書。對我來說，最好的始終是第一本，我把自己知道的、所有關於金沙大樓火災的他人經驗，完完整整地轉化成一本小說集。那是我唯一想寫的，亦是我為什麼寫的根本肇因；儘管它沒有得到任何好評與讚賞，市場的反應也極為冷淡，我因此有些受傷，但並不為之動搖。第二本書、到第三本書，原本我仍只想繼續書寫、重複那場發生在我十五歲的火災，是編輯小如制止了我，用半是惋惜半是恐嚇的口吻，要我走出那場該死的大火，別再固守在自己內心小小的劇場。

「文學不是拿來讓你自溺的。」她這麼說。某種程度上我知道她想表達什麼，也同意她說的；但這句話確實讓我思考過自己是不是應該放棄文學。當然我最後還是繼續寫了下去，以我們師父的故事為藍本，試著離開那場火對我夢魘般的攫獲。

然後它成功了——如果得獎還算是某種肯定的話。我不知道應該要感謝師父、編輯還是評審。其實我還是更喜歡自己過去的作品，但似乎沒有誰覺得它們更好或更值得閱讀。我原本以為你會是那個特別的讀者。我真的這麼期待。但聽你分享著當年師父與你說過的種種拳理，以及當你終於從我的書中，理解了師父圓熟自在的心法時感到的驚嘆、狂喜與折服，不知道為什麼，這讓我突然有些歉疚。我想是因為我知道，我其實並不相信，自己寫下的這些事情有多麼重要。

何況那畢竟只是一本小說，查理，你讀到的一切，所有發人深省的話語，其實都只是我虛構出來的啊。

說著說著，你突然向我伸出手來。風吹過樹葉發出沙沙的聲響，你赤裸而精實的臂膀晾在我的眼前，像一枚邀請。我困惑地看著你，你說看我的樣子一定好久沒練拳了吧，來，試試看擒拿我。我說你白癡喔我怎麼可能拿得住你。你堅持要我試試，「用最簡單的船夫稱篙就好。」我搖搖頭，說我忘記了。

「這怎麼可能忘記？」

「我就是忘了。」

「那我教你，你向我出拳。」我就是不明白為什麼你要這麼執拗。但我還是乖乖地出拳朝你的下巴打去。你不閃也不躲，直到我的拳停下在你眼前。你直勾勾地看著我，說你忘記師父說過的嗎，要打就要抱持著殺敵的意念打。我咬一咬牙，旋腰轉跨，發勁朝你狠狠打去，你身體微側，手刀輕輕撥偏我的拳頭，旋即扣住我的手腕，側身上步，左手搭在我的肘關節上，兩手一轉一壓，用重量將我死死壓牢在地。

「可以了吧？」我脹紅著臉，感覺你噴吐的熱氣微微拂過我的後背。

「夠痛了嗎？」你反問我。我點點頭。你這才把我拉起，揉了揉我的手臂。

參加比賽之後就很少練擒拿了，你說，有點懷念以前師父還在的時候，要我們兩兩一組，每個擒拿動作輪流各作十遍。

那時候只知道如果擒拿住對方，對方沒感覺痛，就一定是哪裡做錯了。所以被擒拿的那方都會提醒：還不夠痛，還不夠痛。你還記得嗎？你問。你一直問。我搖搖頭，不理會你逕向我伸直的手臂，開始邁步往校門口走。

「不繼續逛其他地方嗎？」

「不逛了。」

我們走回河堤。黃昏時分，每個被夕陽照耀的面孔，看起來都懶懶散散，看起來都很幸福。有人著急地追著從球場滾落草堤的球，從我們後方跑過。你開口，說那我們直接去吃飯嗎？我說，直接去吃飯吧。

我們回到車上，你打開手機，手指快速地點擊螢幕，我也跟著拿出手機，裝作有好多訊息要回覆。半晌，你終於放下手機，打開音樂。節奏重重地踩踏在我耳朵。你什麼時候開始聽EDM的，我問。你沒聽見。我又問了一次，你才慢慢開口，說這一兩年開始的，累的時候就聽一下，很放鬆。

「你不喜歡嗎？」某個紅燈停住，你轉頭問我。我說還好，但可以換個音樂嗎我有點不習慣。那你來播吧。你下巴朝手機的方向點了點。車子重新起步，幾臺機車鑽過窗戶外側。我有些緊張地滑開手機螢幕，密碼鎖，我暗暗吸了口氣，輸入了我的生日，失敗。我轉頭看向你，你裝作沒事那樣講了個四位數的號碼。

我突然有點疲倦，也沒什麼心思再假裝下去了。算了吧。我說。我把手機放到旁邊，閉上眼睛，聽著舞曲咚咚擊打著我的心臟。

隱約中聽見你在說話。「我已經不再……」你的聲音像從八年前傳來，每字每句都那麼模糊。我不知道你在說些什麼，但從你的語調判斷，那一定不是什麼太過重要的事。可能是關於過去的某個片段，認識的誰，或者某個不明所以而你惦記在心的話語。但那些都不是我真正想聽見的。查理。我其實想聽你說說最近的事，說說我們分手之後，你都做了些什麼來忘記我，或紀念我。當然你也可以問我一模一樣的問題。我或許不會回答你，可是，握有一個要不要說出口的決定權，對我來說，非常重要。

因為這是你欠我的，查理。這是你欠我的。我已經等待了那麼久，你不能再擺出一副沒什麼事不能過去的樣子，跟我說話了。我在心中不斷蓄勁，吸氣又吐氣，想像自己終於開口，問你到底有沒有意識過，後悔過，反省過自己犯下的錯誤。

儘管那只是一句話，一句事過境遷、缺乏任何效力的話；但，我就是要聽你親口告訴我：是你錯了，是你沒有站出來捍衛我們。是你先放棄了愛人的自由。

不是嗎，查理。你不也是因為感到遺憾，才想要見我的嗎？我下定決心。我睜開眼睛。你仍然安安穩穩地握著方向盤，溫柔地說你累的話就再瞇一下，到的時候我再叫你。我奮力坐直身子，張開嘴巴，叫了你的名字。

「查理，」我說，卻發現自己無法再說下去。看著你三十歲的側臉，在這一刻，在堵塞的車流之中，告訴或不告訴你，知道或不知道你的回答，究竟有什麼意義呢？你偏頭看向我，問我怎麼了。我思考了好久好久，才終於回答你。我說我餓了。

就快要到了，你笑著說，再等一下。我們在都市的心臟慢慢移動，車子、大樓、路燈慢慢亮了起來，我們的臉則慢慢陷進陰影。後來我試著把這個畫面挪作是某篇小說的開頭，卻始終寫不好。是因為我距離自己仍然不夠遠嗎？我想起前輩叮囑我的，想起那天晚上，我們吃了飯、抽了菸、喝了酒就各自回去，什麼事都沒有發生。

或許所有的故事都是這麼結束的。就是說，什麼事都不會真正有個結果。

我想了很久，終於在空白的頁面上打下查理兩個字。

那篇文章後來便一直空著。你知道嗎？查理。一直空著。

後記

並沒有結束

1.

幾乎陪伴了我整個人生的寶可夢系列動畫，在今年三月的時候完結了。雖然，說是完結其實有點不太準確：畢竟寶可夢並不是就此不做動畫，遊戲、周邊與設計，也仍然會在可預期的未來裡持續地更新下去。但是，看著小智與皮卡丘的旅程終於在獲得世界冠軍後畫下句點，這件事還是對我造成了很大的影響。我是這樣想的——既然新的動畫有新的主角，新的寶可夢將有新的故事，那麼或許，我也應該讓這些小說啟程踏上旅途，而不僅僅是在無盡的修改中重複自身了。那無論如何都不會再是原本的寶可夢。

2.

這本書的篇章多半完成於二〇二一年底，正好是疫情最為嚴峻的時刻；我以創作計畫為名目，將自己關在臺中的房間讀書、幻想、打電動，或者什麼事也不做地放空。我非常珍惜那段能夠好好無聊、全心疼痛的日子。

3.

我仍然常常在思考一些遠比小說巨大的問題，譬如何謂文學，生命的意義，與愛的可能。對我來說，坦白這些從不會比承認「我在寫作」還要艱困，或感覺煽情。但我現在發現煽情有時其實還滿令人快樂的。所以我會繼續，並嘗試以此為一種微小的答覆。

4.

有些地方無法單單經由前進而抵達。正如有些不能僅僅透過表述而揭顯。小說曾經使我與我書寫的那些事物、場景和時空，變得稍稍親密一點，但願它們也能夠將一些遙遠的、曖昧的或尚未發生的，摺向閱讀至此的您。

5.

感謝的話要毫無節制地說：謝謝文化部提供補助。謝謝九歌出版社素芳總編輯給予的機會，以及欣純的耐心與包容。謝謝富閔、浩偉學長貴重的序。謝謝季季老師的看見。謝謝碩斌師與臺文所朋友的建議。謝謝宣諭的關心與傾聽。謝謝阿汶與耘衣的照顧。謝謝光榮國中好友們的陪伴。謝謝浥雯。謝謝溫暖的秉樞，從申請補助、寫作到出版，對我的一路鼓勵。謝謝祥宇。謝謝許多陪伴我但我未及一一指名的朋友。

6.

謹將這本書獻給我的家人，與我的家鄉。

張桓溢　於二〇二三年四月

九　歌　文　庫　1　4　0　8

點火

國家圖書館出版品預行編目（CIP）資料

點火 / 張桓溢著 . -- 初版 . -- 臺北市 : 九歌出版社有限公司 , 2023.06
面； 公分 . -- (九歌文庫 ; 1408)
ISBN 978-986-450-569-2(平裝)

863.57　　112006673

作　　者——張桓溢
責任編輯——鍾欣純
創 辦 人——蔡文甫
發 行 人——蔡澤玉
出　　版——九歌出版社有限公司
台北市 105 八德路 3 段 12 巷 57 弄 40 號
電話／02-25776564・傳真／02-25789205
郵政劃撥／0112295-1

九歌文學網　www.chiuko.com.tw

印　　刷——晨捷印製股份有限公司
法律顧問——龍躍天律師 ・ 蕭雄淋律師 ・ 董安丹律師
初　　版——2023 年 6 月
定　　價——350 元
書　　號——F1408
I S B N——978-986-450-569-2
9789864505739（PDF）

＊本書榮獲 2019 文化部青年創作補助。